马晨和爸爸妈妈
都做过疯狂的事

常新港 / 著

山东文艺出版社

目录

001 — 长夜难眠

020 — 拉上窗帘

026 — 对改变声音的梦想

045 — 生命

066 — 麦山的黄昏

075 — 马晨和爸爸妈妈都做过疯狂的事

100 — 我们的夜晚

111 — 那个冬天,那个人……

116 — 陈一言和谭子的平常夏天

129 — 难唱四季

150 — 侵略

167 — 伤心草坡巷病院

188 — 甘北朝北走

204 — 极地故事

长夜难眠

来可当时正坐在自行车的后座上,把头靠在妈妈有些汗湿的背上,吃一根牌子叫"外星人"的奶油雪糕。他听见妈妈一边蹬着车子,一边说:"来可,你把雪糕滴在妈妈背上了。"

来可说:"妈,你怎么知道?"妈妈说:"你只顾吃,把它滴在我背上,我觉着那里很凉。"来可听妈妈这样说,就有些不好意思了,一边用手去擦滴在妈妈后背衣服上的奶油,一边把头离开妈妈的背。这时,妈妈说:"别离我这么远,你会闪身掉下去的。"

那是星期天,来可妈妈用自行车带他去一处补习班补习数学。

来可妈妈担心儿子从自行车上掉下去,就嘱咐儿子靠在她的背上继续吃雪糕,但她自己掉下去了。

当时的情景让来可无法回忆。因为在出事的瞬间，他不但靠在妈妈背上吃雪糕，而且还闭上了眼睛。他习惯这种姿势，妈妈的背可以挡风遮雨，也可以遮住斜斜射下来的阳光。好像是在一处十字路口，红灯突然亮了，左边并行的一辆卡车也是突然刹车，妈妈的自行车晃了一晃，随即贴在了卡车上。来可被一种力量推向右边去了。妈妈当时觉着有了危险，情急中把车子推了一下，让自行车和儿子离危险远点，她自己却跌落在卡车的后轮底下。妈妈的右脚像是被轮胎吸住了一样，压在车轮底下。妈妈疼昏过去了。当时来可有点傻了，还下意识地用舌头去舔那根雪糕。

　　妈妈的右脚骨严重受伤，骨头被压成了碎渣渣。医院说，为了保住右腿，必须截掉右脚，而且要马上截掉。医学上的残酷，容不得你去多想，容不得你去哭。来可只记得一件事，记得非常清楚，妈妈从马路上抬到医院昏迷了许久，醒来的头一个动作是抬起虚弱的手臂，用拇指把滴在他嘴角的雪糕擦去了，并用庆幸的眼光望着自己。

　　她跟来可说："我衣袋里有零钱，没吃够雪糕，再去买！"医生对她说："你别说话了，注意休息，现在不是要给宝贝儿子买雪糕，而是要买假肢。"

来可的生活开始有了变化。妈妈不能再骑自行车了。晚上时，妈妈总是把右脚的假肢摘下，放在床边的椅子上。来可每天看见妈妈的假肢，都要发一会儿呆，狠狠地发一阵愣。

妈妈出事后，来可让爸爸把压坏的自行车送到废品收购站去。爸爸不知为什么，把破自行车拆卸了，放在了阳台上。来可说："爸，压成这样了还不扔掉。"爸爸固执地说："不扔！"

妈妈原来是一个普通的清洁工，在一座十四层的机关大楼里清扫楼道。妈妈说，宽敞的楼道是用上等的大理石铺成的，她每天用拖布把它擦抹得光洁闪亮，有些高傲的仰头走路的年轻姑娘走在楼道里，都情不自禁地垂下头去，在光洁的地上寻找自己若隐若现的影子。妈妈喜欢自己那份清洁工的工作。另外，还有一个重要原因，就是来可的爸爸也在那座大楼里上班。他是一个后勤科的副科长。来可听妈妈说，爸爸快提成科长了，原来的科长要提升到一个处里当副处长了。所以，妈妈在家里总是脱口而出，给我们家大科长倒杯酒，给我们家大科长把烟点上……每到这个时候，来可的爸爸总是纠正一句，副科长，而且不厌其烦地纠正。但来可的妈妈总是不厌其烦地犯错误。

现在，妈妈不能去拖大理石地面了。有了众多朋友的帮助，来可妈妈在一处不算热闹、离家不是很远的地方摆了一个烟摊，里面还设了一部公用电话。妈妈就坐在小小的亭子里，一边卖烟，一边看着那部电话。

一次，来可和同学路过妈妈的亭子，有位叫德胜的同学说，他去打个电话，告诉家里，他晚点回去，他想去书店逛逛。其实，他想去打游戏机。几个同学都陪着德胜去打电话，只有来可不去。他不愿让别人知道小亭子里的人是他妈妈。过去，同学们都知道他妈妈在大机关里上班。所以，当德胜和几个同学拥到小亭子跟前打电话时，来可一个人快走几步，绕过一条街，隐身到商场大楼后面，才放慢了脚步。

来可常常遇到这种情况，傍晚回家后，总看见爸爸在厨房里做饭，做一种炖菜。爸爸说，炖菜有营养，把肉、白菜、粉条、胡萝卜、土豆放在一锅里煮，咕嘟咕嘟，一人盛一碗，能吃出汗来。妈妈看守小亭子，要到很晚才回来。加上她右脚是假肢，走得慢，到家差不多就晚上八点多钟了。一般情况是先让来可吃了饭，去做作业，而来可爸爸就等着妈妈回来一起吃。有时，当来可爸爸听见楼道里传来很慢的脚步声，一只脚轻，一只脚重时，来可爸爸就冲来可房间喊一声："来可，去接接你妈妈，我去热饭。"

来可说："我正做作业呢。"

来可爸爸就停顿一下，然后去开门，把楼道的灯打开，走下去，搀来可妈妈上来。

来可爸爸看着来可妈妈洗了手开始吃饭时，就悄悄推开来可的房门，看看儿子在干什么。来可爸爸之所以悄悄推开儿子的房门，是怕影响儿子学习，并不是像便衣警察一样，非要抓住来可的什么把柄。但有几次，推开来可的门时，发现儿子来可并没有伏案写作业，而是头戴耳机，双脚伸到写字桌上，身体朝后仰到90度，一边晃着，一边发出一种压抑的鸟叫的声音。来可爸爸说："你在听音乐？"

来可这样回答爸爸："我在温习英语。"

有过几次之后,来可爸爸就摘下来可耳朵上的耳机,贴在自己耳朵上听,不是英语,是一个叫什么张惠妹的女孩子在唱歌。

来可爸爸说:"这是哪国英语?"

来可说:"爸,我学习很紧张,你就不能让我听听音乐休息一会儿吗?"

到了这种时候,来可爸爸就像做错了事一样又悄悄退出来可的房间,轻轻把门关上。然后在来可房间门外,闭眼站一会儿,平息一下激动不安的心。

有天晚上,大约半夜的时候,来可睡着不久,突然被一声很响的动静惊醒,他吓出一身汗来。他开了灯,大声问:"爸,怎么啦?这么大声音,我还能睡着觉吗?"

爸爸站在来可房间的门外说:"你妈妈想去卫生间,迷迷糊糊的,忘了戴假肢,摔在地上了。现在没事了,你睡吧!"

来可说:"戴没戴假肢都不知道,也太糊涂了。"

来可爸爸又被噎了一下,结结实实的一下。当他回头时,见来可妈妈正从卫生间里慢慢走出来。来可妈妈问:"来可说什么了?"

来可爸爸说:"他什么也没说。"

来可爸爸躺在床上时,心里头还像是堵着块东西,不上不下的。

来可第一次去一家叫"上海滩"的洗浴中心,是德胜提议去的。那天他们在学校的篮球场拼了命地蹦呀跑呀抢呀,还是输给了二班的几个篮球队员。德胜和几个一班的同学垂着头,脱下背心擦着流成小溪的前胸后背。二班几个高大队员还冲他们喊:"服不服?不服再拣个日子,奉陪到底。"

德胜回头跟来可和吕地说:"今天我们去上海滩洗浴中心,好好洗一下,去去火气,不然,我真有些压不住火了。"

来可说:"我听说那里收费很贵。"

德胜说:"行了,别像个腰扎麻绳的农村人了,你的票我给你买了。"

来可赶紧说:"不用,不用,我自己买。不过,你先替我垫上,我今天没带钱。"

谁都知道德胜家有钱,开着七八家皮鞋连锁店。他爸爸去南方购买大量的皮鞋,都是空运过来的。

几个男生脱得赤条条地在休息室转了一圈,不知道要先干什么。德胜说:"先去桑拿间蒸一下,等汗出透了,再用温水冲一下,然后去躺椅上睡一会儿。"

几个男生在灯光昏暗的桑拿间直抽气,因为那温度远远超过了体温,总觉着气不够用。德胜经常随爸爸来这里,所以躺在那里的样子很从容。来可总想找机会出去透口气,德胜就说:"来可,别太土啊,这点福都享受不了,你还能享什么福。"

来可听见德胜这么说,就忍着,坚持着,感觉浑身的汗毛孔都开了口子,汗从里面争先恐后地挤出来。

德胜躺在那里,就讲开了笑话。说有一个农村老头,第一次进城,逛了半天,要找厕所。问了几个人,都说不知道。最后问到一个人,那人看老头憋得脸有点青了,就指了一下电影院,说那里可以解手。老头刚想进门,就被守门人拦住了,告诉他要买票。老头突然想起进城前,有人告诉他进城上厕所是要收费的,一问票价,十元。老头就心疼,觉得上厕所解手也太贵了,但憋得很,就买了一张票。老头把票拿到手后就在心里骂城里人抠,擦屁股给这么一小块纸。放映厅里很黑,老头就拱到一处椅子上坐下了，忍不住，就拉了屎。拉到一半，后排有一人拍了一下他的肩，哎，大爷，你的烤红薯掉在我脚上了……

德胜讲到这儿，几个男生笑破了肚皮。来可没笑，觉着这故事没什么好笑的，但他装出想笑的样子。

几个男生冲了温水澡之后，都各自倒在躺椅上。来可觉着躺下后，浑身确实很舒服。

这时，德胜叫吕地去买几罐冰过的可口可乐，说他请客。

来可说："我自己买吧。"

德胜说："行了吧来可，这么斤斤计较，你快变成花十元钱去电影院拉屎的农村老头了。"

来可的脸红了。来可一边喝着冰镇可口可乐，一边用眼瞄着德胜。德胜的脚丫子一边动着，一边把头四下转，让吕地去给他找一个按摩师，说身体僵硬，需要揉揉。来可想，这家伙也太会享福了。

大概在第二天吧，班主任肖老师在课堂上问："20世纪末，我们中国发生了哪几件大事？能回答的请举手示意我。"

德胜回答:"是拳王泰森咬了拳王霍利菲尔德的耳朵,让霍利菲尔德的耳朵成了豁子。"

肖老师捋了一下有些白了的头发说:"德胜同学的回答有些驴唇不对马嘴。"

来可说:"是台湾歌手张惠妹来大陆做个人巡回演唱。"

肖老师不知为什么说了这么一句:"张惠妹也太伟大了。"

跟着,又有同学说了几个不同的答案。

肖老师也许不想再听下去了。他说:"请同学们记住这么几件事吧,20世纪末,中国的两条大河长江和黄河截流,香港和澳门回归祖国。"

德胜说:"这是国家领导人的事,跟我们有什么关系?"

有些同学附和着说:"是呀,这跟我们有什么关系?"

来可说:"肖老师,你这么操心国家大事,头发都白了,有什么用?"

来可的话音未落,班里就静下来了。肖老师愣愣地望着来可,不知说什么,最后说了一句:"今天提前下课吧!"

不久,肖老师告别了学校,退休在家了。

同学们总觉着肖老师在最后的一节课上,有什么话没跟同学们说完。

秋天时,街道两边的树叶迅速地黄了,只隔了一夜,又落了。来可路过妈妈的小亭子时,看见小亭子上也落了一层黄叶,像是失去了黑色的头发。

就在这个渐冷的秋天,来可的家庭像许多中国的普通家庭一样,在房屋改革中,要取出自己的积蓄,把房子买下来。来可对这种变故是无动于衷的。紧张的是来可的爸爸和妈妈,当把自己住着的房子买下来后,家里已欠下了一万余元。

星期天吃午饭时,来可常被妈妈催着去找爸爸:"你去江边公园把爸爸叫回来吃饭。"

来可去了江边,发现爸爸一个人坐在唱京戏的老人圈子外,呆呆地坐着,呆呆地听着。来可说:"爸,该吃饭了,在这傻坐着干什么?让我跑这么远叫你。"爸爸不回答,又呆呆地看着来可。

那时来可不知道,爸爸是因为欠人家钱心里愁。爸爸说，听京戏心里会好受些，中国人在啊啊声中，把苦把愁全吐出来了。

第二年，来可差一分没考上市重点中学。来可爸爸找关系挖门子查线索，想把来可送进那所中学。跑了几天，没有好结果。但有一个事实很清楚地摆在面前，那就是花钱才能进那所中学。这样一来，家里必须再度借钱。为了少花钱，来可爸爸决定亲自找重点学校的校长。校长是这样回答来可爸爸的："别说差一分，只差0.5分的考生有多少，你知道吗？一大批，一大批呀，差一分的又是一大批。孩子差一分，说明当父母的在什么地方没使上劲，松懈了。分数这东西是公正的不讲情面的。如果非要让孩子进我们这所学校，做家长的必须花钱。"

来可的爸爸决定借钱，反正有一万余元的压力了，何不干脆一个肩膀扛着双重压力，一个是房子，另一个是来可的未来，值！

来可进了那所重点中学，又跟德胜和吕地在一起了。他们有一个相同的地方，都是花钱迈进这所重点中学的。所以说，来可跟德胜、吕地的感觉一样，今天跟昨天没有什么区别，几乎一模一样。

有一天吃晚饭时，来可的爸爸咽下最后一口饭后，终于说："我准备辞职了，要贷款买一辆出租车。"

来可妈妈说："为什么？科长干得好好的，干什么出租车？"

来可爸爸说："别科长科长的，是副科长。我算过了一笔账，就是当了处长，八年也还不清几万元的欠账。如果贷款买了出租车，自己起早贪黑，三年就能还清债务。"

来可妈妈说："你可想清楚了。"

来可爸爸说："想得很清楚了。"

来可妈妈用求助的口气跟来可说："来可，你爸爸要辞职开出租车了。"

来可说："无所谓。"

来可妈妈说："你怎么能说无所谓？"

来可说："难道爸爸不当什么副科长，非要去开出租车，跟我有什么关系吗？"

来可爸爸听来可这么说，把头低低地垂下了。

三个月以后，来可爸爸就开上了一辆夏利出租车，车号是00407。来可爸爸更辛苦了，早出晚归，这让来可自由了许多。

在又一个炎热夏季到来的日子里，来可跟德胜和吕地几个男生光顾过这座城市有名的波特曼西餐厅，喝过上乘的德国黑啤酒；去过两次老独一处饺子馆，一次可以品尝十余种口味的饺子；去日本料理餐馆吃过日本菜；喝过巴西的正宗咖啡。来可班上共有56名学生，来可第一学期考试的综合成绩排在48名。来可没敢让爸爸妈妈看成绩表。在家长签名的地方，来可颇费了一番心思，最后决定让写字模仿力很强的德胜代自己父亲签了名字。德胜签好后，来可左看右看，然后说："真能以假乱真了。"德胜笑笑："这种事我干过不止一次了，每次都很走运。"

有一天晚上，来可爸爸很晚才回来，脸色非常难看。爸爸吃饭时，才说了一件事，说刚才有两个中学生模样的人，从世纪电影院坐上出租车，左转右弯跑了18元钱时，两人说到了，说完先后跳下车跑掉了。来可妈妈说："别生气了，以后收车早些，出点什么事都不好。"

没想到，第二天来可上学时，碰上德胜和吕地两个，德胜嬉皮笑脸地说："昨天我俩看完电影，打了出租回家，到了地方，我俩跳下车，跑进胡同就溜掉了。我们还听见出租司机在大道上骂人呢。"

来可突然说:"你俩是孙子!"

德胜吃惊地说:"你发什么火?你啥时候正经起来了?"

来可又说:"你俩是孙子!"

吕地愣愣地盯着来可变色的脸,问:"你怎么啦?"

来可还是那句话:"你俩是孙子!"

来可爸爸把出租车停在楼下,狠命关上车门,一气儿跑上楼来。他进屋先坐在沙发上,抽了几口烟,然后冲来可房间喊:"你出来一下。"

来可一走出自己房间的门,就看见爸爸面前的茶几上放着考试成绩表。当然,德胜的签名也赫然写在上面。

来可爸爸说:"你解释一下。"

来可不想撒谎了,他说:"是我的同学代签的。"

爸爸说:"你胆子变大了,我快认不出你了。"

来可说:"我也恨我自己。"

爸爸说:"你知道父母为你付出的代价吗?你如果稍微为别人想想,你就有充足的理由自责!"说完,打了来可一耳光。

来可没躲，只是闭了一下眼睛，说："打得好。"

来可爸爸心里压抑的火终于呼呼地蹿出来了，又啪啪连打了来可几个耳光。来可的脸马上红起来了。

这时，爸爸听见来可说："爸，你早该这么揍我了。"

来可爸爸停了手，感到浑身颤抖得不能自制。

来可爸爸出事也是在一个晚上。三个乘出租车的男人上车后沉默不语。

来可爸爸问："客人，上哪里去？"其中一个人说："朝前开。"来可爸爸驾车驶过繁华路段，上了一座立交桥后，又问："上哪里？"还是先前说话的乘客说："朝前开！"出租车下了立交桥，就直奔郊外了。

来可爸爸的心开始紧张起来。坐在来可爸爸后面的一个乘客，掏出面值100元的钞票，递给来可爸爸："别担心，先付你100元，不够的话，到地方再补。"

当来可爸爸伸手接钱时，那人伸出手臂勒住来可爸爸的脖子。

来可爸爸说："不！不能这样，你们不能这样，我有一个上中学的……儿子。"

但来可爸爸感到脖子被勒得更紧了。他突然明白了现实的残酷，他用脚踩住油门，尽力提高车速，用逐渐模糊的余光，对准路边的水泥杆撞了过去。随着剧烈的抖动，来可爸爸眼前的一切事物跟着黑夜一起消失了。

来可爸爸苏醒过来是在26天之后。那三个抢劫犯一个当场毙命，两个重伤。又过了一个月，来可爸爸可以扶着墙壁行走了。但来可爸爸总是说不清话，咕噜咕噜，像含着一口咽不下去的东西。医生说："他的说话能力要慢慢恢复，也许永远这样了。但他能活下来，还能走路，已经是奇迹中的奇迹了。"

那天，来可接爸爸出院回家时，他看见爸爸坐在床上望着病房的门口，向他伸出一只手来，说了一句让他听懂了的话："我有一个……上中学的……儿子。"爸爸说完这句话，口水就顺着嘴角流了下来。

来可难受地接住了爸爸那只软软的手。

夜里，来可第一次睁着眼睛躺了一晚上。第二天一早，他把阳台上的那辆破自行车翻出来，一件一件组装上。来可装自行车时，把脸抹成了花。妈妈说："不行就拿到自行车铺修理吧。"

来可爸爸递给来可一条毛巾，嘴巴又重复了那句只有来可一个人能听懂的话:"我有一个……上中学的……儿子。"

傍晚放学时,来可先从自行车铺取了修理好的自行车,然后去小亭子接妈妈。

来可妈妈从小亭子里走出来时,看见自行车的后座焊了一个挺大挺结实的铁座,上面还铺了一张厚厚的棉垫子。

来可妈妈没说什么,坐在后座上,把头靠在儿子来可的背上。儿子来可的背虽单薄,但已经开始结实了。

来可一边蹬车子,一边说:"妈,你怎么哭啦?"

妈妈说:"你怎么知道妈哭啦?我没哭。"

来可说:"还不承认,我背上都湿了。"

妈妈说:"人高兴时也会流眼泪。"

来可就把车子蹬得飞快。妈妈又在后面说:"慢一些,别出事,小心些好。"

来可说:"送你回家后,我还要用我这辆奔驰600专车带爸爸去江边听京戏呢。"

妈妈说:"你说什么?是你爸跟你说,他要去江边公园听京戏?"

来可说:"我当然听清楚了。没错,他肯定是说他想去江边听京戏。"

妈妈重新把头靠在儿子来可的背上,轻声说:"我们家真是有希望了,你爸爸已经开始能把话说清楚了。"

来可没让噙在眼眶里的泪掉下来,而是仰着头,让自己做了一个微笑的表情。在这个喧闹的夜晚,来可的声音轻柔地飘过来:"妈,你闭上眼,可以休息一会儿。"

来可妈妈说:"孩子,我闭着眼呢。"

快到家时,来可看见爸爸站在阳台上,动作迟缓地焦急地朝他们晃手。那时,妈妈的手臂紧紧缠在他的腰上。妈妈睡着了。

拉上窗帘

跟男生的浪漫约会，不知道是不是我们这种年龄的女孩子白天晚上都狠狠想的事。童我行是公认的好男孩，他最先吸引我注意的是他那别具一格的名字。说实话，他长得不错，也会关心女生。我们女生在背后提他时，先改了一个字，童你行，然后就开始胡乱地开玩笑。

我跟童我行的交往是从一张元旦贺卡开始的。是他先寄给我的。他是否也寄给了别的女生？我猜想了半天，也就不去想了，因为这样瞎想是没有结果的。

这张迟到的贺卡在城市冰冷的邮筒里睡了多少个日子，我不知道。但是，它到了我的手里时，烫得我双眼都模糊了。为了回应这种珍贵的异性友谊，我做了充分的准备：先去自选商场为童我行买了一件礼物——一只可爱的布老鼠，然后打电话约了他。

约会的地点很特别，在一个叫无草街的路口处。顾名思义，连草都没有的地方，更不会有别的东西了。安静，人少，这都是我们这种年龄的男女生愿意去的地方。我可不希望第一次跟男生约会叫熟人碰上。

我看见童我行走过来的时候，手里的布老鼠都被我捏出汗了。是我的手在出汗。我把布老鼠递交到他手里时，他说："我很喜欢。"

我感到这条叫无草街的小巷，是最漂亮的街道了。我和他都把目光洒在这里，像是为了一种纪念。

但是，事情发生了变化，是那种谁也无法预想的变化。从无草街的深处跑出了一条黑色的大狗，朝我们直直地扑了过来，好像这条街上从来就没有出现它爱吃的食物。

一切都来得太突然，在我反应过来时，我已经看见了大狗的舌头和牙齿。我本能地用手抓住了童我行的胳膊。

童我行的一个举动让我更为震惊了，他把我送给他的礼物伸手递给了狗，不，是送到了大狗的嘴巴边上。

当大狗一口咬住布老鼠时，童我行蹿出了无草街的巷口。我没有动，我不会动了。我看见自己送给别人的布老鼠被大狗叼进嘴里又吐了出来。

他牺牲了我的布老鼠。

那条大狗绕着我转了好几圈之后，索然无味地走掉了。童我行在距离无草街很远的地方喊我的名字。我奇怪他怎么能在如此短的时间内，跑出了这么远。我没有回答他，我只是望着地上的布老鼠发呆。布老鼠刚才还是幸福的，现在，它死了。我的心也死了。

那天，城市里的很多人都看见一个女孩子走在前面，后边尾随着一个帅气的男孩子。那个男孩子在女孩子的背后说着什么，喋喋不休地解释着什么。那个女孩子连头也不回一下，一直朝前走。

最后，那个叫童我行的男孩子站住了，望着女孩子走远了。他变成了一个人。

就在那天的晚上，我接到了童我行的道歉电话："对不起，事情太突然了！……"我说："我们的友谊结束了。"

他在电话里忍不住了，大声地叫喊起来："为什么？！"我说："我不想回忆这件事了。"我挂了电话。

第二天上学时，我没再跟他说一句话。但是，我每次跟女生们在课间闲聊时，童我行都紧张地看着我，观察我。

晚上，他又给我打来了电话。他说："我就在你家对面的公用电话亭子里，你只要站在窗前就能看见了。"我走到窗户跟前，把窗帘拉上了。我说："我想把这件事完完全全忘掉。"他说："我会每天给你打电话。"从那天开始，天不黑，我就拉上了窗帘。童我行在一次电话里问我："你是不是把那件事告诉班里的女同学们了？"

我说："我只想忘掉这件事！"

妈妈有一次问我："为什么天不黑就拉上窗帘？"

我说："妈妈连拉窗帘的事也要管呀？"

不管我的窗帘什么时候拉上，他的电话总是要打进来的。他每次的电话内容都有些变化。这一次，他说，他不是我想象的那种人。

我在电话里冷笑道："那你是什么样的人？"

他不说话了。他被我呛住了。

我等着他回答。我也知道他就是长着一百张嘴，也说不清这件事的。我只能听见电话里特有的风声，向我叙述着不好的天气。

心情的变化没想到会影响到我的气色。距那件事发生不到一个星期，我的眼圈黑了，眼睛陷进眼眶里了。跟我要好的女同学不止一个问我："你家里出事了吗？"

我说："没有。"

她们又问："你有事？"

我立即回答："什么事也没有发生。"

那天在走廊里，童我行跟我相遇。他问我："你怎么啦？"

我说："不用你关心。"

第二天上学时，我看见童我行一瘸一拐地走进教室。大家询问他发生了什么事，他说什么事也没有发生。

晚上，他打来了电话。他说："你别放电话。我只是想告诉你，我不是你想象的那种人。为了证明这一点，我昨天下午去了无草街，我去找那条大狗了。"

我听到这儿，把话筒贴近了耳朵。我十分想知道在他身上发生了什么事。

他说："我看见了那条大狗。它朝我来了，跟上次一样。我没躲避。但是,它绕着我转了几圈就走了。我突然想让它咬我一口,我想证明自己不是一个胆怯的人。我在那条小巷里追那条大狗。我用一块石头惹恼了它,它咬住我的腿,我揪住它的两只耳朵。我跟它说,这件事应该在一个星期前解决的,现在有点晚了。它听不懂我的话……"

那天夜里,我睡得很好。白天上学时,同学都说我的气色一下子就恢复到原来的样子了。

又到了晚上,是妈妈提醒我拉窗帘的。我忘了拉窗帘。我在等一个电话。这个电话跟我拉窗帘有十分密切的关系。

对改变声音的梦想

金子箭的生活太平常了。金子箭的生活太不一般。这很矛盾。金子箭可不想出名,从没想过这种时髦的事。一个上初二的脖子都洗不净的男生怎么会想到如此奢侈的事呢?打死你,打死我,打死他,打死谁,谁都不信。

班主任刘琴讲着课,可以说,正讲到神采飞扬时,突然停住了,两眼紧紧盯住金子箭:"金子箭,你今天洗脸了吗?"刘琴老师有个毛病,她看见学生脏,尤其脸脏,她就受不了,就会发火,就会大大影响她讲课时的情绪。刘琴的课讲得好,引得许多学校的老师来旁听,也叫"取经"。一有听课的老师要来,刘琴班里的卫生委员总特意提醒金子箭头天晚上彻底搞一下自己的卫生,卫生委员很负责,还叮嘱一句:"耳朵眼里也要清理!"金子箭这样回答:"耳朵眼里她根本看不见!"

金子箭痛恨起早的人。他说那些起早吭哧吭哧练长跑出臭汗的人傻,是天下第一号臭大傻。怎么会有这么多臭大傻?

他的同班同学,体育委员长腿马英一听金子箭骂爱运动的人是臭大傻,就用眼睛斜他:"人不运动,难道躺着等死?"

金子箭说:"未来的生活,是靠脑袋生存,不是靠四肢。"

长腿马英仍斜着一双眼:"接着说,你好像挺有大道理。"

金子箭摇头:"请你先把眼睛正过来,别斜着看人,再斜,你也成不了外星人。"

马英不情愿地把眼正过来,但还是有点斜。

金子箭不跟马英讲价,一口咬定:"你眼睛还是有点斜,我等你把眼睛完全校正了,我再讲大道理。"

马英差一点伸出长腿踢他一脚,但他不能踢,一踢,就把金子箭的大道理踢飞了。

马英把两只眼直对着金子箭:"这回行了吧?可以了吧?"

金子箭又说："你要用眼睛吃人啊？看瞪得跟牛眼一样，温柔些行吧？"

马英见周围拥着几个人，这会儿又多了几个，心里就不想输了这场嘴架，他就眯了眼睛，让脸上的肌肉活动起来。

金子箭满意了。金子箭先问一句："见过乌龟吗？"

马英说："见过，当然见过。"

金子箭又说："只见过小乌龟吧？衣扣那么大的！"

马英急了："屁，有这么大。"说着用两只手一比画，"碗这么大的。"

金子箭就说："行行行，就算你见过这么大的龟。你知道你比画的那么大的龟已经活了多少年吗？至少十年。你知道乌龟能活多少年吗？千年的王八万年的龟。它们长寿，可它们从不早起，它们三天伸一次脑袋，十天不喝一口水，你比得了吗？比不了，所以，得学，学卧功，一动不动的卧功。"

马英还是伸腿踢了金子箭一脚。

马英喜欢金子箭，所以他们是朋友。但同学们都觉着他俩成为朋友是件怪事，拿动物比喻的话，他俩习性完全不同,狗和猫能玩到一起吗？可他们就天天在一起,经常咬得一嘴毛。

　　一周两节体育课。金子箭只上一节体育课,另一节就不上了。他会送上一张假条,说自己这疼那疼,谁也说不清他到底哪里疼,所以金子箭就得逞了。别的同学绕着操场练中长跑,练耐力,金子箭趴在教室里睡觉,一个人很舒服很得意地睡觉,而且还打呼噜。隔壁教室正上音乐课,金子箭的呼噜声就旁若无人地逛了进去,惹得上音乐课的教室里一片笑声。音乐老师合上钢琴盖,对同学们说："我去一下就回来。"她一边走,一边用面巾纸擦脸上的汗。她一走进金子箭睡觉的教室,就把眉毛立起来了,走近金子箭时,她的眉毛又放平了。她看见金子箭的睡相十分像三四岁的婴儿,嘴角流着口水,口中喃喃自语,还不停地咂着嘴,就差把小手指头嚼在嘴里了。音乐老师的孩子只有三四岁,她知道有这种睡相的婴儿,睡眠很沉很死,如果硬要弄醒他,他会又哭又闹的。

　　音乐老师没叫醒金子箭。她走出教室之前,又看了一眼金子箭的睡相,然后把门带上。门有些松,关不严,她就从衣袋里掏出几张纸，叠了几下，夹在门缝里一挤，门关严了。

金子箭学习成绩相当好。开始许多人不信，那是因为不服气。金子箭有很多毛病，这些都不是一个学习好的人应该有的。比如，作业没有一次做得完美的。金子箭做数学作业，总要漏下两道比较复杂的题。做语文作业，他照着课文抄，也能抄错。有一次，语文老师把语文作业本扔给金子箭："这作业是你做的吗？"

金子箭很谦虚："老师，我改。"

金子箭一考试，就判若两人了。考卷上不但整洁，复杂的数学题他也能解出来。语文老师和数学老师都不敢轻易批评他了，唯恐错怪了一个天才。

马英背后问金子箭："看你平时不怎么样，水了吧唧的，怎么一考试，成绩就在前面？"

金子箭说："我如果吹自己聪明，你心里肯定不舒服。其实，咱学的那点东西，用不着驼背熬坏眼睛。我觉着应该把时间挤出来干自己愿意干的。"

马英说："我看你还是有点吹。"

金子箭纠正马英："为什么不说我这是一种自信？"

金子箭有个恶习,在卫生间读书。晚上10点至10点30分,是他占领卫生间的时间。金子箭的爸爸和妈妈曾试图改变他这种恶习,但改不了。错过这段最佳时间,金子箭就白白在那里坐着,解不出大便。如果在那个时间坐在便池上,没有书读,也是白白坐在那里。如果在那个时间坐在那里有了书读,而书只是课本不是闲书,也是白白坐在那里。所有的条件全部具备之后,一切事情就进行得比较顺利了。

晚报上的那条重要消息,金子箭就是在卫生间里获悉的。那则消息刊发在报纸的角落里,不易被发现,就像一间屋子挂着蜘蛛网的地方,除了打扫卫生,平时谁会注意?可金子箭偏偏在那天大便不畅,就把手里的那张晚报,颠过来倒过去地看,连广告都读了一遍,才把目光移到那个角落里,原以为还是广告,题目也太像医疗广告了:《妙手回春的"针灸"大师》。读下去,金子箭就精神起来。文中介绍了一个身居偏僻之地的奇人。那个地方叫羊草村,一个充满诗意的名字。这个奇人用补鞋的锥子为小提琴针灸,一把把平庸的价格低廉的小提琴,经他针灸之后,音色绝美,价值倍增。文中还说,小提琴是有生命的，它的音箱是由上等木板制成的，每块木板都有天然木纹，那木纹就是血脉，决定了小提琴的音色。文中介绍，为小提琴针灸的刘秉西已患病卧床一年，这罕见的技艺恐怕要失传了。文中又补充道，记者最近再访刘秉西时，他已不见踪影，人们传说，他可能通过某种渠道去了国外。

金子箭望着报纸发愣，觉着为小提琴针灸的刘秉西老人是从这张报纸上消失了的。他要从一行行铅字里把刘秉西找出来。

金子箭是在第三天消失的。一共失踪了四天。在这四天里，学校和金子箭的家里全都乱了套。没有办法，金子箭的爸爸去派出所报了警。第四天晚上，金子箭自己回家了。他刚在家里站了两分钟，屋子里就塞满了难闻的汗臭味。

爸爸问他："跑哪里去了？"

他说："去羊草村了。"

爸爸说："羊草村？去羊草村干什么？那里有什么？"

金子箭不想说话，他觉着爸爸的样子很怪，很无聊，他能想象得到，如果告诉爸爸他去羊草村是去找一个叫刘秉西的老人，爸爸肯定说他有病，吃饱撑着了。

所以，金子箭不说这些，懒得说。再说，他心情真的很糟。他找到了羊草村，但那里的人不知道有一个为小提琴针灸治病的老人，还说，一个人有一手绝活，不给牛扎针，不给马扎针，不给人扎针，给小提琴扎什么针？有病吧？

金子箭从羊草村回来的第二天，妈妈领他去了一趟医院，检查了一下身体。医生检查后说，金子箭一切良好。

班里又搞了一次测验，金子箭夺了全班第二名。

金子箭的爸爸和妈妈一下子变得愉快起来。本来，金子箭的爸爸从不看广告的，但金子箭对广告有过最精彩的评价，他说，广告是中国最精彩的片子了，比又臭又长的电视剧强多了。所以，金子箭爸爸也开始觉着广告好看了，它们主题明确，画面花哨，音响分不清流派，看着过瘾。

金子箭突然消失了四天，又突然出现在生活中，又考了个全班第二，这让他爸爸有了崇拜儿子的好心情。

那几天，只要金子箭坐在沙发上看电视，爸爸就凑过来看，还养成一个习惯，老问儿子金子箭："刚才广告说什么？"

金子箭随口就说："广告说，无绳电话不清晰，请服巨能钙。"

金子箭的爸爸说："瞧我儿子的记忆力，过耳不忘。"

金子箭的妈妈说："无绳电话不清晰，请服巨能钙，这些都挨得着吗？你崇拜儿子也太盲目了吧！"

金子箭笑得很狡猾。

金子箭的爸爸想了想，说："是呀，这电视台的广告是怎么做的，把风马牛不相及的事硬往一处捏！"

金子箭的妈妈说："什么电视台？那是你儿子的广告词！"

爸爸嘿嘿地乐了，从嘴里吐出的话仍充满了拍马屁的味道："我儿子挺幽默。"

这种轻松快乐的生活没过几天，金子箭家里出了一件事。这事情既成事实后，金子箭爸爸想起来还不相信，绝对不相信，这种事怎么会从天上直落到地上，砸在金子箭头上，让金子箭的爸爸眼冒金星差点儿栽在地上。

门铃响得很急促,听上去很没有耐心,如果再不开门,那门铃就会喊破了嗓子。金子箭去开门,门锁刚一拽开,门就被人从外面推开了。

金子箭看见的是同学刘鹿,后面还有一个怒气冲冲的大个子男人,男人手里拎着一把小提琴。

金子箭看见那男人手里的小提琴,心里大叫不妙,但他不知道事情糟到什么程度。金子箭问刘鹿:"出什么事了?"

刘鹿的半个脸肿了,看上去那脸已经歪了。刘鹿带着哭腔说:"找你爸爸。"

这个时候,金子箭的爸爸正半躺在卧室的床上读报纸。听见外面有客人来,就拎着报纸出来了。还没看清客人的模样,一件东西就扔在他脚前。

金子箭的爸爸吃惊地问:"这是怎么回事?发生了什么事?"

刘鹿的爸爸不言语,用眼光命令儿子说。刘鹿说:"这是我爸爸。那小提琴是我爸爸演奏用的,被金子箭用锥子扎了不少的眼,他说可以让小提琴变得身价百倍。"

可……"刘鹿一边说着,一边胆怯地盯着爸爸的脸。刘鹿的爸爸这才说了三个字:"接着说。"

刘鹿已经泣不成声了:"现在,这把小提琴报废了。我爸说,它一点儿用也没有了,它让金子箭扎坏了。"

金子箭的爸爸问:"金子箭,你为什么给小提琴浑身扎眼?"

金子箭说:"我那是为小提琴针灸,扎好了,它就是一流的小提琴了。"

刘鹿的爸爸冷笑道:"它现在一文不值了,它变成了一个摆设,变成了一个没有嗓子的歌唱家,变成了垃圾。"

金子箭的爸爸说:"我们可以赔偿这把小提琴,但你不能把自己的儿子打成这样啊。"

"赔偿?"刘鹿的爸爸又开始冷笑,金子箭一听见这个高个子男人冷笑,不祥的预感就愈强烈,心里像是长了扎人的草,乱乱的,一丛一丛的,闹人呀。

高个子男人对金子箭的爸爸说:"你知道我这把小提琴多少钱吗?"

金子箭的爸爸愣了一下,脸上也有一块阴云飘过:

"总不会一万元吧？"

"两万四千元。"

"两万四千元？！"

刘鹿的爸爸从衣袋里掏出一张纸："我把两年前购买这把小提琴时的发货票带来了，请你认定！"

金子箭的爸爸看完那张发货票，又看了一眼儿子金子箭，脸上的肌肉就开始异常地运动了，先是局部地抖动，然后是整张脸不规则地抖。

刘鹿的爸爸问："我什么时候可以取钱？"

金子箭的爸爸说："我一定赔，一个星期后就可以把钱交给你。"

果然，一个星期后，金子箭家里赔偿给刘鹿家里两万四千元钱。那一个多月的时间里，只要金子箭的爸爸有工夫，就开始教训金子箭。金子箭不回嘴，他知道家里赔人家两万多元钱，虽然没要了爸爸的命，也让父母心疼得不行。但令他暗自高兴的是，那把扎废了的小提琴，那把浑身上下千疮百孔的小提琴，让他留下来了。他平时把它放在床下，家里没人时，他就继续在小提琴的身体上针灸，为它治病。它病了。它死了。也许深度昏迷还未醒来。

金子箭不明白,小提琴怎么会如此轻易地就死了呢?他不懂音乐,但他对小提琴的弓弦发出的声音异常敏感。两万四换来的废琴发出的声音确实像一个人在哭泣,沙着嗓子哭,像一个挨打的孩子。金子箭望着废琴发呆,又开始下意识地用锥子在琴身上扎眼。他希望它在他的针灸下,能醒过来。

不久,学校里许多老师和学生都知道金子箭将一把音色纯美的小提琴用锥子扎死了。有人传说得更离奇,说被金子箭扎坏的小提琴是一把价值十万元的意大利小提琴,那把小提琴被许多优秀的小提琴手演奏过。

金子箭靠着自己的想象,给这把小提琴重新针灸了一遍。那细密的锥眼酷似一枚箭头朝天的箭的图形。

金子箭用弓拉了几下,觉着手里的小提琴的声音突然变了,不再是哭声,而变成了如水般的哼唱。

金子箭兴奋地湿了眼睛。他觉着自己救活了一个生命。

大约在几天之后,这座城市最大的小提琴专卖店里,悬挂着一把标价五万元的小提琴,它有个很怪的名字,叫"刘秉西针灸小提琴"。

在等待那把小提琴出售的日子里,金子箭遇到了一件有意思的事。学校几个爱好吉他的同学,每人拿着一把吉他,突然找到他家,让金子箭为吉他们针灸。

金子箭摇着头:"你们别给我添乱了。我会个屁呀!"

一个叫西风的男生说:"金子箭,我们可是慕名而来。我们这吉他,才三十九元钱一把,我们不是让你把它们的声音扎好听了,而是让你把它们全变成哭声,让声音弹起来越难听越好。"

金子箭一听这话,两只眼睛就开始发光:"咋不早说,一个治好病的医生难当,当一个治不好病的医生太容易了。"

金子箭从床下掏出一个小包,从里面拿出一个锥子。西风瞪着大眼睛:"就用它给吉他针灸?"

金子箭一边盯着手里吉他音箱上的木纹,一边开始扎眼。他扎了一条直直的眼线,把音箱分成了两截。就好比一个人的头像,突然以鼻子为中心,被割了一刀。

"好了",金子箭把吉他递给西风,"试试声音,像不像哭。"

西风一弹吉他,把周围的人全惊呆了。那声音听上去不但是哭,而且像一个游荡在街头的小坏蛋,又喊又嚎。

几个男生乐蒙了。他们说,上哪里买得到这么难听的吉他?

金子箭突然想起了一个问题:"为什么让它变成这样?"

西风说:"你还不知道原因。我告诉你,我家楼下开了一家练歌厅,天天聚着一些不三不四的男女,每天凌晨两点钟,练歌厅里的音响吵得那幢楼里的居民鸡犬不宁。居民提出过建议,让练歌厅搬家,但半年过去了,无济于事。我想出一个点子,把爱弹吉他的同学召集在一起,坐在练歌厅的门口弹,越难听越好。以毒攻毒,不信盖不过练歌厅里的音响。"

金子箭挺高兴:"没想到,把好吉他扎破了嗓子,还是为了正义事业。"

西风说:"正义行为,绝对的正义行为。"

金子箭说:"好,你们明天来拿吉他。我爸妈快回来了,你们先走,不然,看我用锥子扎吉他,他们会用锥子锥我屁股的。"

大约过了三天,金子箭在学校看见了高他一级的西风,西风的脸难看死了,鼻青脸肿。但西风一见金子箭,疯跑过来,一伸大拇指,说了两个字:"赢了!"

原来,西风召集了几个男生用破了嗓子的吉他在练歌厅的门口使劲弹,惹恼了练歌厅老板,老板让保安动手打了西风。西风说:"我有权利在中国的任何一个地方弹吉他。凭什么打我?"西风报了警。结果,派出所让练歌厅歇业,吊销执照,并命令练歌厅马上搬离住宅区。

快乐来得太急,让金子箭措手不及。那把五万元的小提琴被一个韩国人买走,除交给专卖店一万两千元,这把历尽沧桑的小提琴为金子箭换来三万八千元。

金子箭把成捆的钱打开,扬了一屋子,然后很神气地笑起来。

十余天后,金子箭接到一封寄自韩国的信。老师和同学都围着,感到奇怪和神秘,非让他马上拆开。

金子箭就拆开了信,上面第一句话就是"金子箭先生",然后说"为提琴针灸,实为罕见"。信的后面几次提到，希望金子箭能接受邀请，去韩国传艺。

班主任看了那信，对金子箭说："我这一辈子，出国梦做了大半生，大概还要接着做。可你，你真走运。你接受邀请吗？"

金子箭猛然想起晚报登载的寻找不到的刘秉西老人，就说："不去。"

不久，中学生金子箭就成了金子箭先生，还有人称他为大师金子箭先生。

金子箭说："这也太肉麻了。"

那天，体育委员马英来家里找金子箭。金子箭的爸爸开的门。马英身后站着一个着装很艺术的男人，头发也漂亮，不但光洁，还长，在后面拢成一个小瀑布。这位很艺术的男人提着一把小提琴。

马英对金子箭的父亲说："这是我表哥，从广州特意赶来的，想求金子箭给他的小提琴针灸一下。"

那时，正是晚上 10 点钟，金子箭正蹲在卫生间里。马英和他很艺术的表哥坐在沙发上耐心等待。半小时后，金子箭走出卫生间，一见马英，就说："又给我找活来了，我告诉过你多少次，扎好那把小提琴，是瞎猫撞到死耗子。"

马英的表哥双手捧着小提琴说:"早闻金子箭先生大名,果然谦虚。"

金子箭望着小提琴问:"是扎好它,还是扎坏它?"

"当然是扎好了,扎成一流的小提琴。"

"扎死了呢?"金子箭又问。

"怎么会扎死呢?"

"扎死的比例是百分之九十九,只有百分之一的可能扎好。"金子箭笑嘻嘻说的这些话,让马英的表哥不安起来,他斟酌再三,最后还是带走了小提琴。

爸爸纳闷地问:"你怎么不给小提琴针灸啦?你不是天天想给琴扎针吗?"

金子箭回答得挺简单:"我已经没兴趣了,觉着挺烦。"

有一天,金子箭一进家门,就看见屋子里站满了人。他忙问怎么回事。爸爸告诉他,电视台要给他做个节目,15分钟的节目,这在电视台是破例的,因为他已经引起新闻媒体的广泛重视了。

金子箭火了,真火了:"我告诉过你们,我给提琴针灸,纯属于玩,好玩!是游戏,游戏玩腻了,我不会再去想它,你们怎么老缠着我不放?!"

金子箭躲进卫生间不出来了。此刻,正是中午12点钟,太阳高高地悬在城市的头顶,哪里看上去都有些晃眼。

生命

　　毛毛："也许,我们那天在铁路上真的错了。"

　　我："什么事错了?你怎么啦?"

　　毛毛："我也说不清。那天,如果我们三个人不说那些话,结果就是另一种样子了。"

　　我："毛毛,你在说梦话吧?请你说清楚一些。"

　　毛毛："我也说不清。"

　　我："那就闭上嘴。"

　　毛毛："真的,那天,如果我们三个人不说那些话,结果就是另一种样子了。"

　　原定我和毛毛、药瓶三人去市里看著名歌星演唱,我们急不可耐地等了一个星期。结果药瓶在昨天夜里一个人上街闲逛,被人家认出了他是药瓶,四个小子把他堵在死胡同里,用一把菜刀顶住他的瘦长脖子(那时候，药瓶肯定像个名副其实的盛满人参蜂王浆的药瓶子），四人轮番打他耳光，一人扇他二十五个耳刮子，凑足一百整，才放了他。那四人在胡同口一消失，早已支撑不住的药瓶顺墙瘫软在地上，感到自己的脸好像失去了知觉。他伸手一摸，像触在一头肥猪的屁股上，意识是自己的，脸却像是别人的了。他手上湿乎乎地发黏，肯定不是什么强身的蜂王浆，是自己委屈透顶的血。我半夜得到消息后，叫了毛毛，前后脚溜进药瓶家。药瓶的父亲和母亲正给药瓶端水喂药，他们回头看见我和毛毛悄声立在门口，脸上就变了色，不说一句话，好像是我背地里勾结那四个浑蛋，暗算了他们的独生子一样。

　　药瓶的父亲是县医院的接生大夫。这一点，我和毛毛始终搞不懂，连药瓶也不理解。一个男人去接生，总有点不对头，奇怪的是药瓶父亲连年被评为优秀医务工作者。我们三人正经讨论过药瓶父亲的手，那双手接下了一千余名婴儿，没出现一次医疗事故，想必那双神奇的男人的手，让世上多少温柔的女性的纤纤玉手都望尘莫及。

我站在门口正不知是退出还是挨近，药瓶的父亲早已逼近了我。他突然揪住我的衣领，一拖便把我拖到门外。他又用后脚跟把门踹严实，好像我是一枚会随时爆炸的臭弹，会伤害所有人。

我心想，药瓶的父亲太粗暴，我是中学生了，不是一个狗屁不懂的小孩子了，干吗这么待我？再者，这老家伙就这么粗手大脚地去接那些颤颤巍巍的孩子出世吗？他刚才揪住我的瞬间，我觉得我是被机器人劫持了。

我强颜欢笑："叔叔，药瓶挨打，我一点都不知道。如果知道他昨夜会挨揍，我不会离开他的，我也会冲上去的！"

药瓶父亲说："你住嘴，我希望你以后不要上我家来，也不要再找我儿子了。你不想考高中，我儿子想。对了，请你以后不要叫我儿子绰号，他叫赖雅清。"

我说："赖叔……"

药瓶父亲说："你赶快离开这里，还有，领上你的毛毛一起走！"

我的心情骤然一落千丈。

我和毛毛站在北方四月的冷空气中瑟瑟发抖。毛毛问:"还去市里看演出吗?"我说:"挨了一顿训,我们就不活着了?走。"

我和毛毛每人花了两角钱买了站台票登上了去市里的车,四十分钟后到了市里。我们赶到影剧院门口,从小票贩手里买了两张高价票。离开演还差两个多钟头,我和毛毛就去附近的饮食街转悠。街上挤满了冷冷的陌生人,但香喷喷的烤地瓜味飘满了每一条街。我和毛毛跟卖地瓜的妇女讨价还价,买了一个大地瓜。没买时,我们先叫她大姐,后又改称阿姨。我觉得奉承她有些过分,无非是买她地瓜时能省下一两角钱。可毛毛在关键时刻总能把握好时机,他说:"阿姨,你其实不像阿姨,长得很年轻的,而且很有气质。你的地瓜烤得透,干净,不像别的地瓜摊主,手不洗,烤完的地瓜像从垃圾堆里扒拉出来的一样。"

这小子的嘴跟谁学的?太世故了!我站在一旁听毛毛口若悬河地斗嘴。

我和毛毛啃着地瓜走出一段路时,还听见占了我们便宜的"阿姨"在身后说:"以后想吃地瓜到我这儿买!"

我和毛毛正尽情地啃地瓜,身旁一个戴胸章的中年妇女突然出现:"朝地上扔红薯皮,罚款五毛!"那女人伸手抓住毛毛。毛毛单薄,个儿小,不像我的脸相,看不出实际年龄,黑而且不知什么时候爬出几条抬头纹。有了这优势,我有了点凝聚力,令药瓶、毛毛从三年级开始就追随我的左右。当然,长相是皮毛,不是主要的,重要的是我在寂寞的时候能花样翻新地去玩,敢作敢为。现在这社会,毛毛这种乖巧的智慧型的家伙遍地都是,我这种粗线条的,遇事缺乏敏感神经的主儿却少了。所以,时代不太需要我这种人,而且很容易被淘汰。但我在小小的个体部落却整日散发着光辉。

我毅然伸出有力的手,拽开中年女人抓在毛毛胳膊上的手,说:"我给你钱,别这么狠地撕扯人,他妈也没这么抓过他。"

毛毛转身就逃。当然,我比毛毛逃得更快。逃到一个僻静处,毛毛搂着一根电线杆子说:"不跑了,我要死了!"我说:"没事啦!"毛毛说:"现在的人怎么啦,扔块地瓜皮也罚款五毛,穷疯了!"我说:"都钻进钱眼里去了!"毛毛说:"都疯了!"我说:"都疯了!"毛毛说:"你和我也是疯子!"我说:"就算疯子吧,坐四十分钟火车逃难一样来到市里,看什么歌星演出,又被一个丑女人攥得团团转!"毛毛说:"惨!"

终于熬到了演出时间。待剧场灯光一暗,舞台上彩灯闪烁交相辉映时,我已疲倦了。我想睡一会儿,毛毛却像打了兴奋剂一样不断地捅醒我:"瞧,过去只在录音机里听他唱,在画报上见过他,见了真人更棒。瞧他身上的黑色服装,准是他自己设计的,独一无二!你醒醒,他要唱了!"我睁开眼睛强打精神盯着舞台,舞台上旋转着一个黑色幽灵。黑色幽灵旋转得迅猛异常,待跟踪他的追身灯光一时捕捉不住他时,他就像梦一样消失了,但瞬间又会复出。有节奏的音响把我身边的毛毛震得心花怒放。毛毛对霹雳舞有狂热的兴趣。

去年元旦时,学校要各班出节目,搞文艺会演。元旦前一天,学校组织了审查节目小组,要淘汰一些,保留精彩的节目。毛毛组织了五人练成了自编霹雳舞,全班同学都说好。但班主任于洪声作为审查节目的一位主要审判官,看完五人扭得满头大汗的霹雳舞,微笑着对其余几位老师说:"群魔乱舞。"节目被枪毙了。审查节目的老师离开教室,差点哭起来的毛毛叫住于洪声:"于老师！"于老师站住了："有事？"毛毛用袖子擦掉脸上的汗："请教一个问题！"于洪声一愣："什么问题？"毛毛说："什么叫'群魔乱舞'？"另外几个跳霹雳舞的同学终于找到了代言人，便放肆地坐没坐相站没站相了。他们在发泄怒气。于洪声指着他们几个："这就叫群魔乱舞！"说完，转身走出教室。毛毛指着其余几个被晾在那里的大汗淋漓的同学说："谁以后参加他于洪声组织的活动，就是他妈的……强奸犯！"毛毛认为强奸犯是世界上最恶心的一种人了。

　　黑色幽灵终于彻底消失了，但观众因为失去了黑色幽灵而鼓红了手掌呼唤他重现。我仍旧疲倦。因为刚才黑色幽灵又歌又舞的表演，又消耗了我一部分体力，以后的节目我就很少睁开眼睛去看了。

　　临近尾声时，我才睡足了觉，侧头看了看身旁的毛毛，意外地发现毛毛脸上有了一种我从未见过的奇怪表情。毛毛刚才的狂热劲哪里去了？也随着黑色幽灵的消失而消失了吗？我朝舞台上扫了一眼，看见的是一位清纯的少女歌手在唱一支梦跟生命连在一起的歌。我突然发觉，这少女歌手曾经在哪里出现过，特别是她脖子上的月白色纱巾，仿佛随着她清纯的略带伤感的歌声飘飘逝去。

我没去多想。

我只注意到毛毛脸上那种少见的奇怪表情。也许是少女歌手的伤感触动了毛毛身上哪根细细的神经。现在的音乐真不得了，能够让毛毛这样狂躁的少年安静下来去回忆往事。我捅了捅毛毛。

毛毛没有反应。看得出他此时不想跟我说话，我试探地问："毛毛，怎么啦？想吃糖葫芦？"毛毛仍不说话，用一只手掌捂住脸，样子有点像伤风感冒。我拽开他的手："你怎么啦？"

我发现毛毛满脸是泪水。

我一看见泪水，便什么也不想再问了。

毛毛："也许，我们那天在铁路上真的错了。"

我："什么事错了？你怎么啦？"

毛毛："我也说不清。那天，如果我们三个人不说那些话，结果就是另一种样子了。"

我："毛毛，你在说梦话吧？请你说清楚一些。"

毛毛："我也说不清。"

我："那就闭上嘴。"

毛毛："真的，那天，如果我们三个人不说那些话，结果就是另一种样子了。"

让我们兴奋不已的北方八月大喊大叫地来临了。我记得，这一年于洪声老师三十二岁了。我总觉得像他这种年龄的独身男性无法友善地对待我们这些十四五岁的男孩子。于洪声对班里的其他同学说："我看见肖勇的一个眼神，一夜甭想睡觉了！"肖勇就是我。我得到这个可爱的小道消息后，愉快地跟药瓶和毛毛说："怎么样，老子一个眼神，让于洪声一夜未眠，我要是连续递给他六个眼神，他就将一星期在床上烙饼，眼圈肯定黑成熊猫了。"

药瓶说："那就再加上几个眼神，于老师就不知怎样了！"

毛毛蹙起眉头："你的什么眼神呢？"

我的什么眼神令于洪声做噩梦，谁也无法证实。但有一点我敢断定，我就是笑眯眯地望着于洪声，他也会怀疑我刚刚结束了一件恶事，想用笑来麻痹他。天，这让我和毛毛、药瓶这类可爱的家伙们怎么活下去呢？

有一天，药瓶谈起于洪声老师，发表了一番令我和毛毛大吃一惊的高论："于洪声老师作为一个三十二岁的独身男人，超过我国法定结婚年龄十年了，自然而然带有一种孤僻心理，主要表现形式是嫉妒！"

"嫉妒？"我和毛毛异口同声地问。

"嫉妒。"药瓶点点头，摆出一副教育部长的架势。

"嫉妒谁？"我又问。

"嫉妒我们！"

"嫉妒我们三个人？"

"没错！"药瓶说，"他嫉妒我们三个人年轻。我们三个人中任何两位的年龄加起来也比他于洪声年龄小，他当然嫉妒。这样，他心理出现了年龄上的危机！"

我说："你从哪里学来的？"

毛毛说："你小子挺可怕，哪儿来的学问？你还会分析我夜里想什么吧？"

药瓶说："谁夜里能想点啥，我能分析个八九不离十！"

毛毛说："你离我远点。肖勇，咱走吧，再待下去，我们在他面前就跟脱光了衣服差不多了！"

我疑惑地盯着药瓶，药瓶仍奇怪地笑着。毛毛大惊失色："我可走了！"

药瓶大笑："别怕，刚才那些屁话是我跟我父亲学的。"

我觉得可笑。毛毛吐了一口长气。

我问药瓶："假如于洪声老师这么永远嫉妒我们，我们就很难过了。"

药瓶说："于老师如果结了婚，就会变得正常了。"

毛毛问："这也是你爸爸告诉你的？"

药瓶说："没错。"

毛毛说："不可理解！"

我摆摆手："想这些屁事能当饭吃？！"

没几天，教室里出了件怪事，教室窗户上的玻璃被人连续砸了两次。我觉得挺有趣，想起卓别林演的一部无声影片。他演了一个穷困潦倒专为人家装修玻璃的人，为了活下去，能有活儿干，让一个小乞丐专门捡石头砸人家玻璃。

我悄悄跟毛毛说："看来，有坏念头的小浑蛋不止我们三个人。"

毛毛说:"那当然。不过,你干吗说自己是浑蛋呢?"

麻烦来了。于洪声老师在班里义正词严地讲砸玻璃事件的时候,目光不断地停留在我和药瓶、毛毛的脸上。

我心想,这于老师算蠢到家了。我们早已过了砸碎玻璃听响的年龄,这样怀疑我们,太小看人了。难道于老师不记得那部电影里砸玻璃的小乞丐只有七八岁吗?

我看见于老师再也讲不出新鲜玩意儿,就举手要求发言。于老师看见我的手,并没有像平时那样说,请某某同学讲,而是用一个浅薄的微笑回答了我。这让我极不愉快。

我说:"抓住砸玻璃的人不难,这事交给我和药瓶还有毛毛吧。"

于老师还在微笑着,他脸上明白无误地写着不信任。我心想,你于老师就愚蠢地笑吧。世界上有诺贝尔奖,我准备搞一个全球性的愚蠢奖,最先授予你这个最愚蠢的老师。

于老师愚蠢地笑完了,用冷静的声调说:"这事就交给你们三人去办吧。还有什么要求?"

我说:"为了在夜里抓砸玻璃的人,我们三个人要隐藏在不同的位置上。为了便于及时联系，我们要求老师能够把学校保卫科的对讲机借来用用。"

于洪声说："别异想天开，对讲机玩坏了怎么办？"

我说："借不借？"

毛毛说："我们也不是小孩子！"

药瓶说："不借对讲机，抓不住砸玻璃的人，那就天天看着玻璃被人砸光吧！冬天雪飘进来，凉快！"

于洪声无奈地说："借借借，给你们借。"

傍晚时，对讲机真借来了。我和毛毛、药瓶玩了一阵之后，突然兴味索然，感到无限委屈了。这来源于于洪声老师的不信任，和他挑动起全班同学对我们的不信任。

我们各自在暗中蹲了一会儿，我就用对讲机传呼毛毛和药瓶到我这儿来。我说："我不想抓什么砸玻璃的人了。"

药瓶说："我也不想一个人蹲在暗中受委屈了。"

毛毛说："我觉得窝囊！"

我说："咱们今晚上去西乡搞西瓜吃去。头茬瓜，甜，街上价格贵得吓死人。"

西乡村离我们县城最近，一步之遥，出了县城就是。毛毛和药瓶都叫唤："这主意不错。"

三十几分钟，我们三个人趁着月色，接近了西乡那片朦朦胧胧的西瓜地。西瓜地紧挨着一片低矮的白菜地，过了白菜地是一人高的玉米地。我们三人就蹲在玉米地里观察地形。看见西瓜地头上立着个三角形窝棚，里面住着看瓜人。我说："毛毛、药瓶，咱们分头去吃瓜吧！趴在地里啃饱了，一人再抱两个走。一个人要走，就用对讲机传一声！"

我们像三条干渴的鱼，兴奋地游进西瓜地里。药瓶趴在地里离我不远，所以我听见了他吃西瓜时不管不顾的贪婪声音。我用对讲机跟药瓶说："你小声点儿！"对讲机就传来药瓶变了腔的声音："没事，快啃吧。"我也不知是对讲机改变了人声，还是药瓶遇到不花钱的西瓜后，声音自然就走了调。我正用眼睛搜寻毛毛时，发现看瓜棚里似乎走出两个人影。其中一个人打亮了手电筒，一束明亮的光准确无误地射向我们。我听见药瓶低声叫了一句："坏了！"

我刚想朝对讲机说一声趴下别动，药瓶已飞快地直起腰，朝可以藏身的玉米地狂奔。药瓶一逃，毛毛呼啦一声也站了起来，步药瓶后尘，仓皇窜去。三个人逃走两个，我也慌了，只能玩儿命逃。突然听到身后一声沙哑的闷响，我的屁股上背上热乎乎地疼了起来。

待我们三人一会合，我倒在了地上。毛毛问："我听见两声沙枪响，你是不是中弹了？"药瓶说："疼吗？"

我说："是打鸟的土沙枪打的，没事，不过，要去医院把沙砾取出来！"

药瓶朝天喊了一声："天啊！"

毛毛和药瓶一边一个搀着我走，我这才感到沙弹钻在皮肉里疼痛难忍，就哭起来："疼死我了，我又不是野兔子、麻雀，我是人，他干吗要用沙枪打我？"药瓶说："怨我暴露了目标，肖勇，忍着点，快到医院了。"毛毛说："是怨药瓶，我才啃了一口西瓜，就看见药瓶跑了。"我哭着说："别吵吵了，别把对讲机弄丢了，我们可赔不起！"药瓶说："都疼成这熊样了，还想着对讲机。"

到了医院，药瓶高兴地说："肖勇，你走运，今晚我爸爸值班！"

我哭着说："走什么运？我又不生孩子！"

毛毛突然扑哧乐了:"一会儿该怎么跟医生说呢?"

我说:"什么也别说,别让我疼就行了。"

因为药瓶的父亲认识我,看完我的伤势,从我前襟上拈起一颗黑色西瓜子看了一会儿,然后对外科值班医生说:"这孩子交给我处理吧。"

我趴在床上,脱了衣服。赖叔青着脸说:"把短裤也脱了!"

"一丝不挂?"

"一丝不挂!"赖叔恶声恶气地说。

我脱光了衣服。赖叔用药棉擦洗我的屁股和背,也不问我怎么落下的伤。我感到赖叔对待我这样的病号一点不温柔,我就开始可怜地哭泣。

"我要把沙砾从你的皮肤里一颗颗抠出来。"

我哼哼着,突然想起一个至关重要的问题:"赖叔,抠沙砾之前,给我打针麻药吧。"

赖叔恶狠狠地说:"别人必须用麻药,唯独你不用。"

"为什么?"我恐惧到了极点。

"因为打了麻药,你就记不住世界上还有疼痛这个词了!趴下别动!"

我说:"赖叔饶我。"

但赖叔手里的铁家伙们开始在我背上屁股上残酷地行动了。我不断地大叫。药瓶扒在门外喊:"爸,给他打点麻药吧。"

赖叔下手更重了。我痛苦地连哭带叫:"你是什么优秀医务工作者,你在锄地呀!疼死我啦……"赖叔说:"长点记性!"

北方八月在那一天变得丑恶无比。我和毛毛、药瓶不仅被取消参加学校一切活动的资格,而且同学们对待我们三个人的态度,令我天天想起"穷途末路"这个词。

有天晚上,我想到一个伤心的问题,如果我不能上高中了,一个人孤零零地在街上游荡,碰到的任何一个人都用一种方式同我打招呼,那就是朝我脸上吐一口唾沫,如果是那样,我该怎么办?我不敢把这种联想告诉毛毛和药瓶。我不知他俩在这个八月会怎么想。我想,他们的联想生出十双翅膀,也不会比我的联想乐观多少。

一个人要是毁坏一件东西,真的很容易。

那天中午,我和药瓶、毛毛漫无目的地走出县城。九月初的郊外应该是迷人的,可我们三个人连随便提起一个话题的兴趣也没有。我们继续茫然地朝前走,好像这么走下去,就能永远逃离倒霉的九月天。

我们站住了。我看见脚下是冰冷坚硬的铁轨。我坐在铁轨上,毛毛和药瓶也学我的样子坐下。毛毛打破沉默:"你们说,这条铁路跑过多少列火车?"见我和药瓶不感兴趣,毛毛就自觉地不吭气了。

接下去,我就看见了她。不,毛毛、药瓶和我都清清楚楚地看见了她,一个围着洁白纱巾的姑娘从两条笔直的铁轨中央缓慢地走过来。她十五岁?十六岁?十七岁?反正没有超过二十岁。她好像很认真地数着脚下满是油污的枕木。她长得很漂亮,我和毛毛、药瓶回忆她时都这么认为。当她从我们面前缓慢走过去的时候,我们三个人都被她脖子上的纱巾的雪白色晃花了眼睛。她脸上没有任何表情,双目平视,好像遥远的铁路尽头有人在轻声呼唤她。我们三个人仰着头,看着她从我们面前飘了过去。她为什么不看我们一眼,我们是蚂蚁吗?她是疯子?白痴?刚从精神病院逃出来的精神病患者?不,她穿得整洁而漂亮。

我不知为什么,突然顺口就喊:"对,两眼朝前看,走过去,把自己融化在蓝天里吧!"这是日本电影《追捕》里的一句引诱人去死的台词。我说完,竟发觉自己的口才不错,就兴奋起来。

毛毛接着喊:"姑娘,跳下去,肇昌跳下去了,唐卡也跳下去了,你也跳下去吧!"

药瓶大叫一声:"跳啊!"

我们三个哈哈大笑,因为我们三个把电影《追捕》里的台词念得惟妙惟肖。

那姑娘似乎停了一下,两肩抽动了片刻,然后,又平静地朝前走。她数过了多少枕木呢?

我们离开了枕木和铁轨,又在山坡上坐了一会儿。我们仍可以看见铁轨之间慢慢移动的耀眼的白纱巾。我们还看见一列黑色火车从左向右,朝着白纱巾的方向驶来。汽笛声声。我们三人都在那一刻跳了起来,看见黑色列车把白纱巾吸进自己的嘴里,然后又吐了出来。

我们三人瞠目结舌。足足有几分钟,我才神经质地乱叫:"我听见火车鸣笛了,她怎么听不见?"毛毛蹲在地上发抖。药瓶说:"她为什么不躲开?"

毛毛突然伤心地说:"也许,她穿好衣服,穿得那么漂亮，就是准备去死的。"

我像被雷击一样僵硬在那里。

毛毛："也许，我们那天在铁路上真的错了。"

我："什么事错了？你怎么啦？"

毛毛："我也说不清。那天，如果我们三个人不说那些话，结果就是另一种样子了。"

我："毛毛，你在说梦话吧？请你说清楚一些。"

毛毛："我也说不清。"

我："那就闭上嘴。"

毛毛："真的，那天，如果我们三个人不说那些话，结果就是另一种样子了。"

我："你是说，我们对那个准备去死的女孩子的死负有责任？"

毛毛："你我他都不敢承认。"

我："毛毛，你别开这种玩笑。"

药瓶："毛毛也许说对了。那天，我们如果说些太阳、小鸟、喇叭花、春天的雨、冬天里的冬青、鸽哨、风筝、立起前爪的黄狗、大大牌泡泡糖什么的，结果就是另一种样子了。"

我："我糊涂了。"

毛毛："世界没糊涂。"

我："我们糊涂了。"

毛毛："糊涂完了，就该想清楚一些事了。"

我："知道一些事之后，还会糊涂。"

毛毛："但还会清楚的。"

药瓶："你们有没有已经过了好些日子的感觉？"

我："我觉得过了好些年。"

毛毛："你说，好多年之后，我们又会糊涂了吧？"

我："当然……不过，想起铁路上的……"

毛毛："白纱巾？"

我："是，我们就又会……"

毛毛："想想。"

药瓶："现在，我想让人狠狠揍我一顿！"

我在那个朦胧的九月，渐渐意识到，这段人生插曲将跟随我踏上茫茫前程。

麦山的黄昏

我心里一直想着这件事，不想说。一旦要说时，又好像什么也不曾发生过。那年，我差三天就满十四岁。我记不得我有过什么聪明的举动留在那一年金黄金黄的季节里，只知道看了一大堆脏乎乎的小人书。黄色的，红色的；有皮的，没皮的；有头有尾的，没头没尾的。它们就那么眼花缭乱、浩浩荡荡地走进我的脑袋里。我有个本事，能凭自己的兴趣把断了尾巴的故事续上一截。我说起话来旁若无人，可以让一家三代人全都停止嚼饭，盯着我的嘴。但我当时并未意识到这就是与众不同，能够吸引人，吸引那些喜欢听瞎编乱造故事的女孩子。

离农场七八里路，有一个很大的飞机场，是1938年日本人修建的。年代久了，坚硬的柏油跑道被一丛丛北方的草切割得支离破碎，最终被荒草覆盖了。七八个飞机堡像乌龟一样趴在那里。飞机堡滚圆的脊背上，夏天长草，冬天背雪，像在那里虔诚地忏悔。

我经常去飞机场割草，采曲麻菜。当晒麦场上堆满了各个生产队收获的麦子时，飞机场上的草黄了，曲麻菜也到了收获时节。

我就是在飞机场上碰见那个女孩子的。

她叫什么？不知道。我给她取了个名字，叫麦芒。当然，也只有我一个人这么叫，连她自己都不知道。她的眼睫毛如七月的青麦芒一般。

她采了一篮子曲麻菜站着，看见了我。

我脚前也有一篮子曲麻菜，也看见了她。

头顶着炎热无聊的太阳。

"你家喂了多少小鹅？"我说。

"你家喂了多少小鸭？"她问。

我俩一齐笑起来。我看出她是比我小一两岁，比我矮一届的学生。这都无关紧要。我记得她爱出汗。她不断抬头看太阳，好像跟太阳说："你就不能睡一会儿吗？"她说："真渴！"我说："找水吧！"她问："能找到吗？"我说："也许能找到。"她就跟着我走。

找水时,她突然想起一件搅得她心神不宁的事。她大概是说她看过一本名叫《流浪者》的小人书,可惜没有尾了。只看到拉兹的母亲被丈夫的黑色轿车撞倒了,便没了下一页。她说:"真让人心急。"我说:"这真糟糕。"我心里得意了一下,这不是因为我看过完整的《流浪者》,而是觉得兴许自己和她看的是互相传阅的同一本小人书呢。

我开始编造《流浪者》的结尾,拉兹的母亲没死,拉兹的父亲原谅了妻子,拉兹当天就出狱了。一家三口人抱头哭了一个多钟头,又去饭店吃了一顿酒,又去看了一场电影,很幸福很满足地回家了,当然,还是坐着那辆黑色的轿车。

"真的吗?"她问。但我已经感到她相当满意了。

"你真能讲,我爸妈都不如你。"她说。

我很高兴,真想告诉她,我家三代人加在一起都不如我呢!

"我可以把《流浪者》的结尾告诉我班的同学们了。"她说着,兴奋地拍了一下我的肩膀。

我更高兴了。现在想起来,那是兴奋,因为第一次受到女孩子的表扬。这时,我俩发现了一口从未见过的干涸的石砌的井。它有一米见方,三米深。井口四周被浓密的草遮掩,挨近它,能感到它吐出一股阴凉的潮气。井沿和井壁上是暗绿色的苔藓,滑腻腻的。早听说飞机场上有一口井,是当年日本人为飞机加水挖的暗井。

我坐在井边上,沐浴着阴凉的湿气很舒服。她学着我的样子坐下,可离井口远远的,还不断往后缩。

"听说过吗?一件真事。"我说,"是跟这口井有关的。"

"没有,爸妈什么都不跟我讲!"她说。她等着我说下去,让我说一个她父母也许都不知道的故事。

"你往井边上坐坐,像我这样,把脚搭在井里,然后我讲给你听。"

"别难为我!那井里真黑!"她说。可她还是小心地把脚搭在井边上,往我身边移了一下,又移了一下,腿挨住我的腿。她的眼睛一秒钟也没离开黑洞洞的井口。

我开始讲故事:"从山东来了一个小伙子,肯干活,一副老实憨厚相。在生产队找了一个好媳妇,日子过得很美。不久,小伙子收到一封电报,说是妻子从山东来找他。他慌了，原来他在山东早有一个媳妇了。那一天，他瞒着新媳妇去农场接老媳妇，领着老媳妇经过这飞机场，就用刀把妻子砍倒了……"

"别说啦！吓人！"她喊了一句。

"……小伙子把老媳妇砍成了几块，把头扔进这口井里……"

"别说了，你太坏了！"她猛地站起来，想离开井口。她的脚踏在苔藓上，哧溜一下，我还未眨巴一下眼睛，她便滑进井里了，就像开了个小玩笑。

她在井下哭。我让她爬上来。她爬了几次，没上来，便拼命叫起来，简直是歇斯底里。

我喊了一句："你闪开一点，我要跳下去！"

"快下来吧！"她哭喊着。

我跳了下去，砰一声，脑袋撞在她脑袋上。她没顾上喊疼，便抱住了我。

我抱住她："别怕！有我呢！"我竟忘记了是我的故事造成的罪恶，竟有一股英雄劲冒出来。

"还怕吗？"我问。我看见她前额上鼓起一个又红又亮的包。我笑了。

"让我上去吧！我要死了。"她紧紧搂住我，好像我是她父亲，或是打虎武松之类的好汉。

"你松开手！"我说。

"你快让我上去！"她没松开紧抱着我的手臂。

"再不松开，我就接着讲这段故事！"我说。

"别讲！"她开始浑身哆嗦起来，把胳膊可怜地垂下。

她眼神疲劳而让人怜悯，好像真有死之类的东西在等她。

井壁是凹凸不平的，完全可以蹬着上去。她刚才吓坏了，手脚不听指挥了。

"现在上去吧！"

我从她后面抱住她，然后用力抬她的腿，再抬她的脚，她便像逃脱陷阱的野鹿一般敏捷地跳上去了。

我爬上枯井时，她正站在距井十几步开外的地方。我低头一看，我篮子里的曲麻菜撒了一地。

"我这是惩罚你！"她说。她实在没有更好的办法报复我了。

我没生气，开始把野菜往篮子里捡。

她也走过来，帮我捡。但她说："我恨你！"

我笑了。她站起身，挎着篮子走了。我跟上她。

来到晒麦场，她绕过一座麦山便不见了。她的野菜篮子放在那儿。我喊："喂！"我开始绕着麦山转圈。正左顾右盼时，听见了她的声音。

原来她把自己埋在麦子里，只露出浅浅的脸来，她晒红的脸跟麦山一个颜色了。

我也躺在她身边，用麦粒把自己埋起来，只露出一张脸来。再埋，最后只露出一双眼睛和喘气的鼻子。

"你太坏了！"她说，嘴巴拱出麦粒。

"还记仇！"我也把嘴巴拱出来。

"刚才掉进井里，我好像踩着死人头骨了！不敢看，也不敢说，好像还闻见了死人味！真恶心！"她说完，又把嘴埋上。

我很累，躺在麦子里很舒服，于是把眼睛闭上了。

"喂，你要连讲十个故事，长短不限，赎你的罪！"她命令我。

"好吧！"我回答她。我心想，这并不难。我开始讲故事。记得讲到第九个故事时，我把脸抬起来，看见她一动也不动。她身上金黄的麦粒深情地安慰着她，我看见她那两丛长睫毛从麦粒中生长出来。她应该叫麦芒。那时，夕阳已在抚摸着麦山了。

"怎么不讲了？别闭嘴！接着讲你的故事！"她说，声音很小。

我重新躺下，给她讲她希望听的。好像第十个故事没开始我就睡过去了。

当我醒来时，太阳已落山了。我面前站着一个三十六七岁的女人。女人很文雅，她正俯下身仔细辨认我的脸。我站起来，浑身的麦粒像水一样退去。

"你看见过一个女孩儿吗？"女人问我。

我没回答，我旁边的她动了动，从麦粒中拱出来，冲那女人叫了声妈妈。

那女人奔过去，搂着自己的女儿，说了几句话，突然把脸转向我："你是干什么的？谁家的？一直就你们两个人吗？待了这么久都做了什么？你怎么不说话？"

我很纳闷，我做错什么事了？那女人在暗中还在说，我忘记她又问了一些什么，我总觉得是黑夜在跟我说话。

那女人把女儿的篮子扣在地上，拎着空篮子，拽着女儿的手走了。

我看着地上的曲麻菜发愣，曲麻菜也犯错误了？

过了一天，又碰见那女孩儿，她像不认识我一样低头走开了。以后，在学校，在马路上，又见过她几次，我们成了陌生人。

那个秋天快过去时，晒麦场上的干麦子已堆成高高的金山了。我在一个醉人的黄昏走到晒麦场，那麦山成了真正的金黄色。

我看见向着夕阳的麦粒堆成的坡面上，有一丛长睫毛从麦粒中长出来。是她，是麦芒。

我走到她跟前，她不动，还像那个黄昏一样，让麦子把自己深深埋住。那一丛麦芒却在微微颤动。我没有停留，走到麦山的另一侧，飞快地用麦子把自己埋起来。我知道麦山的另一面她还在躺着。她不认识我。

我没有讲第十个故事的机会了。

在忧郁的夕阳沉没的瞬间，我想把如火的球体拽过来，把麦山点燃……

那个黄昏过后，我不再爱讲故事了。

马晨和爸爸妈妈都做过疯狂的事

马晨的爸爸做生意，是那种挺大的生意。什么叫挺大的生意？就是爸爸的座驾经常换，别人家都在更换节油节电的车，而爸爸更换的车，耗油量却越来越大。爸爸一给油，车就"轰"一声，坦克一样地朝前拱，像是饿急了的狼，冲到前面抢肉吃。

还有，就是爸爸的肚子也一天天大起来，像孕妇，是邻居说的，也是妈妈说的。还听人家用热讽的口气说，马晨爸爸的肚子那么大，住的房子要大，坐的车也肯定要大啊！马晨见识过爸爸拉开车门，把自己的一身肉吃力地塞进去的情景，那车委屈地晃动着，一副不情愿的样子。

别人家的妈妈上班不能接孩子，就换爷爷奶奶或是姥姥姥爷来接。而马晨只有妈妈接，妈妈不用去上班。

家里还雇了一个保姆，让妈妈在家里拥有一种至高无上的权力。马晨听别人说起过妈妈的职业，叫全职妈妈。妈妈不接受这个称呼，她喜欢别人称呼她是马家的女主人。

马晨问妈妈："女主人，就是管爸爸管我还管保姆吧？"

妈妈用一只手拍着儿子的脸说道："小晨啊小晨，你上了五年级，这是第一次说出的最正确的话！"

妈妈开始学会在网上买一些小东西，然后就疯狂地购物。对妈妈来说，最重要的不是看见货物的大大小小的纸箱子，而是可以不断地接到快递小哥送货的电话。一接到送货小哥的电话，妈妈就像被电击了一样跳起来："在家在家，送来吧！"

快递小哥把货箱送来了，放在地板上。妈妈看着箱子，会问自己："这是我从网上买的什么东西呢？"

"你自己买的都不知道？"

"那不是因为我一次下单太多，不知道是什么东西吗？"妈妈的理由听上去有道理，仔细想，妈妈在耍赖。

"疯狂！"

"你说什么?"妈妈没听清儿子说什么。

"妈,你疯狂!"

马晨看见妈妈的脸上浮现出一种不理解的表情,她踢了一脚堆在地板上的小纸箱子,用脚指着它们问马晨:"我疯狂?我这是给我一个人买的吗?这些都是咱家里需要的!我不买,这些东西会从窗户外面被大风刮进来吗?"

马晨用眼扫了一下地上的纸盒子,有几个已经打开了。以他十二年的人生经验判断一个从纸盒里露出的东西,他根本不知道它是做什么用的,也幻想不出它的用途。他把它拿出来,是个可以折叠的金属杆,他把它展开,在空中举着:"妈,这是什么?"

妈妈走近,接过金属杆,来来回回折叠了几次:"是自拍杆?"

"你已经有好几个自拍杆了!"

"是折叠拐杖?"

"妈,你用拐杖早点吧?"

"我还真的忘了,这是什么……东西?"她翻找小纸盒箱里的供货单,没有。她把金属杆扔进纸盒箱里:"我真的忘了买的是什么了……"

等买菜的保姆回来，去阳台上收拾晾干的衣服时，妈妈才惊叫道："想起来了！"保姆和马晨都吓了一跳。

妈妈把纸盒里的金属器拿出来，展开，举着冲到阳台上，把衣服用金属器取下来："这是取高处挂着的衣服的！"

妈妈像骑着快累死的骆驼突然找到了沙漠里的水源一样兴奋。

马晨说："零分！"

保姆在一边忍不住笑起来。

"疯狂啊！"马晨摇着头。

五年级的马晨生活跟大家一样，没有更多的喜剧，也没有悲剧，当然，也不可能有悲剧发生。马晨从幼儿园到小学，都是在"监护"下走完他童年旅程的。

但是，在初中一年级，马晨的生活改变了，完全改变了。那天，马晨发现，来接他的妈妈脸上有了明显变化，平时散发出的"霸气"没了，而是一种重创之后的"受伤"表情。

"妈，出什么事了？"马晨已经到了敏感年龄。

妈妈心事重重地说:"现在先不回家,我们要去看看爸爸……"

"爸爸怎么了?"

妈妈沉吟了一会儿,只是说了一句:"应该没什么大事吧……"

"没有大事,小事是什么?"

妈妈不说话了。马晨跟着妈妈去了交警大队的事故处理中心。从面前经过的穿着制服的交警脸上,马晨意识到了事情的严重性。

在一间办公室里,一个看上去很年轻的交警问清楚马晨妈妈的身份后,指着一把椅子说:"坐下说!"

马晨站在妈妈身后,看见妈妈的身子在抖,年轻交警的每一句话,都让妈妈受到震动。马晨爸爸酒后驾车,撞伤了一个孕妇,受伤者已经送往医院紧急抢救,两条命都在悬崖边上。如果受伤者和肚子里的孩子无恙,马晨爸爸受到的最轻处罚,也是暂扣六个月的机动车驾驶证,交罚款,赔偿受伤者的医疗费用及损失,拘留十五天。

妈妈领着马晨,在一间很小的房间里,见了爸爸一面。爸爸一身肥肥的肉,让交警大队的椅子显得太窄太小了。马晨不记得爸爸跟妈妈说了什么，也不想知道妈妈跟爸爸说了什么。但是，马晨只记得自己跟爸爸说了一句话："爸，你疯了！"

爸爸听到了，愣愣地看着儿子。妈妈也听到了，也愣愣地看了儿子一眼。站在门口的交警听到了，笑了一下。

十五天很快过去。被撞的孕妇身体没有影响，已经恢复了。马晨都习惯没有爸爸的生活了。妈妈辞掉了保姆，亲自下厨了。爸爸一回来，在饭桌上突然问马晨："成绩怎样？"

马晨愣了一下："还那样。"

"哪样？"爸爸没动筷子，两臂抱胸，杵在桌上。

在小学的五年里，爸爸从不过问他的学习，只埋头做生意。在马晨的印象中，这是爸爸第一次如此严肃而又认真地关心这件事。

马晨转头看着妈妈，眼神里像是发出两种求助信号，一个是"我考了多少分"，一个是"我的学习不归爸爸管吧"。

爸爸见马晨不回答，就直接说了下面的话："从今天开始，你的学习交给我了！"

这让马晨感到意外，他再一次看着妈妈，不希望自己的这块领土交给爸爸。马晨有种莫名的预感，爸爸管理自己的学习，前景不会乐观。

但是，马晨想争取一下，能够摆脱爸爸。他问道："爸，你的公司？"

"大人的事，你不用操心。我已经交给让我放心的人去打理了！"

"没搞错吧？好好的生意不做，抓我的学习？"

"我没说不做生意了，我只想在你身上多投入一点精力！"

"那，那，爸，你没车开了，没关系啊，你可以搞一辆自行车，又可以代步，又能健身，你的肚子能鼓起来，也能瘪下去……你有更多的事情要做啊。我的学习，我自己……行的……"

"我已经做了决定，除了每天去公司，我要把一些精力放在你身上，把你的学习抓起来，就像抓我的生意！"

马晨看着妈妈，寻求答案："爸从来不管我的学习的……"他不习惯爸爸对自己的管理，也不喜欢。

爸爸说:"过去,那是我的错误。从今天起,我改正我的错误!"

晚上,马晨在卫生间里洗漱时,听见妈妈问爸爸:"你真要管儿子的学习?"爸爸的声音传来:"在拘留所里,犯了错的人,百分之九十九都没读过什么书。我也是百分之九十九里的一个。儿子不上大学,不上好大学,一生都没戏!"

"进了拘留所,让你变化很大啊?"妈妈感叹道。

"……在里面,认识了一个开包子铺的叫老范的人。因为跟邻居开面馆的人抢生意,有了矛盾,在一次发生肢体冲突时,老范的儿子用菜刀砍了人家……老范对我说,他最后悔的一件事情,是儿子高中没有毕业,就让儿子跟他一起包包子,蒸包子,卖包子!他如果上了大学,做了另一件事情,就不会有这样的结果!老范还问我,儿子多大了,我说快上初中了吧,老范的口气就硬了:'你看看你,当父亲的,儿子上没上初中都不肯定。告诉你,挣那么多钱有多大的用途?现在,我儿子也被关了起来,可能要判两年。后代人有出息,那才是你的本事!我的人生,那是败得一塌糊涂!'老范的话虽粗了些，可句句扎我的心。儿子今后的学习，我管定了！"

马晨有种不妙的预感，他像小偷一样推开卫生间的门，问爸爸："你怎么管我？"爸爸说："我每天送你去学校，你进了学校大门，你归学校管。你出了校门到你上床睡觉，归我管！"

"你的生意？"

"我再说一遍，我的生意我没放弃！大人的事情，不用你操心！该操心的是你自己！"

"爸，我是初中生了，有自理能力！"

"你是初中生了，到了危险年龄！"

"危险？"

"相当危险！"

"爸，你做着生意，天天管我的学习，怪怪的！"

"儿子，我会发现你身上毛病的！"

"我哪里有毛病？我自己怎么不知道？"

"我会让你知道的！"

果然，爸爸发现了儿子身上的第一个毛病。以前，他留意儿子的时候不多，但近来他发现马晨进卫生间的时间过长。那次，他从马晨进卫生间之后，开始计时。

整整四十分钟,快一节课时间了,马晨还待在卫生间里。爸爸靠近卫生间的门,侧耳听了听,然后敲了一下。卫生的门在里面被锁死了。

里面的马晨觉得好生奇怪,坐在马桶上也有人管?

"我在上厕所!"这可是一个人的权利啊!

爸爸在门外喊道:"已经四十二分钟了,拉屎需要一节课的时间?出来!"

"我上厕所你也要管啊?"

"你在看无聊的手机?"

"我没手机!"

"你在看无聊的闲书?"

"我没有闲书!"

"你把门打开,让我看看!"

马晨坐在马桶上发愣,长这么大,自己上卫生间还有人管?一般情况下,他坐在马桶上很享受这段自由的空间和时间,看看想看的书,想想自己愿意想的事情。他一脸惊诧地走出卫生间的门,还没问话,爸爸说道:"从今往后,你上卫生间的时间控制在八分钟之内!"

"八分钟?为什么?这时间是怎么算出来的?我上

卫生间也有人管啊？"

"八分钟是我用经验算出来的！你以后上卫生间用多少时间，有人管了！"

"爸，我跟别人不一样，我在卫生间里要坐一节课的时间，到了下课铃声快响时，我才会大便成功的！"

"胡扯！"

马晨在第二天晚上，习惯性地继续坐在马桶上"胡扯"。他上了一天的课，忘了昨天晚上爸爸对他上卫生间的八分钟禁令。

刚过了五分钟，爸爸敲卫生间的门："还有三分钟！"

"爸，你过分了！"

"你出来说！"

一脸愤怒的马晨出了卫生间的门："你要说什么？"

"我要告诉你，你上卫生间的时间，说八分钟，就是八分钟！我要彻底改变你的恶习！"

马晨不跟爸爸当面交锋，转头问妈妈："妈，我拉屎也有人管吗？"

"在八分钟之内，我不管你！"

"妈！"马晨希望妈妈能终止爸爸的行为。但是，马晨听见妈妈犹豫地说道:"也许,你爸爸……是对的。"

爸爸突然说了一句:"也许,你今后上卫生间,真的不用我管了!"

马晨疑惑地看着爸爸,对爸爸的打法摸不着头脑。妈妈也盯着爸爸,眼神里也是问号——你到底是管还是不管啊?

马晨心里的预感一点都不好,好在卫生间里的自由时间,被自己争取到了。爸爸早上送他去学校,走到大门口分手时,马晨的头都没回,背着书包的架势,像是背着一包炸药,不知道要去炸谁,好像前面就是他讨厌的要清除的世界。爸爸也觉得别扭,从他送马晨上学开始,他记得儿子总是在进校门后说一句:"爸,你回去吧!"现在,看见儿子决绝而去的背影,爸爸冷笑了一下,嘴角朝一边撇了撇。

马晨在学校里有个朋友,叫刘畅。两个人在课间操时,刘畅问马晨:"看见你爸送你上学了,不是你妈送你了?你爸也不开自己的车,怎么改打车了?"

"我爸有了点麻烦!"

"车撞坏了?"

"把人撞伤了！"

"你爸开的那种车不适合在城里开，适合在野地里开，过洼地爬山坡都行，能使上劲儿。在城里不行，油门还没踩到底，红灯了！"

"……"

"你怎么不说话？"

"我不想聊这个！"

刘畅说："不聊就不聊。我问另一件事……"

"什么事？"

"你爸揍过你吗？"

"眼神暴力算吗？"

"什么叫眼神暴力？"

"就是用眼睛瞪你，用眼睛割你屁股上的肉……"

刘畅说："我爸打我，省去很多铺垫，直接踢我屁股！"

"经常踢你屁股？"

"反正我屁股是没有自尊心了！"

马晨在这个时候舒了一口气，然后有点侥幸地说："我的屁股，到今天还没受到伤害！"刘畅歪着头，不理解地摇了一下："我问了咱班大部分男同学，没被爸爸踢过屁股的人，几乎没有！"

"剩我一个了！"

刘畅笑起来："剩不下！"

放学时，马晨看见爸爸站在门口，拿着手机在看。他觉得爸爸哪里有点别扭，看了半天，才发现爸爸身上有点脏。他没问，也不想问。过去，爸爸的衬衣是天天换的，保姆在家里熨衣服时，妈妈在一边检查，没熨好的衬衣，再让保姆熨一遍。马晨不明白爸爸为什么把自己的身上搞得这么脏。

一回到家，马晨下意识地进了卫生间，却站在那里呆住了。原来熟悉的科勒智能马桶没了，变成了一个简易传统的蹲便。

"怎么回事？"马晨问爸爸，想要一个解释。

爸爸的解释让马晨差一点就疯了："你每天坐在马桶上，很舒服，很享受，很能拖延时间。所以，我今天把它换了，换成蹲便马桶。你的两条腿只要能蹲住，你蹲多久都行，时间不限！"

现实很残酷，坐便已经变成了蹲便马桶，不可能再变回去。马晨用脚把卫生间的门关上。坐在客厅沙发上的爸爸像打赢了一场战役,得意地盯着卫生间的门,等待投降的儿子提着裤子走出来。

果然奏效。马晨只在卫生间里待了三四分钟,就垂头丧气地出来了。爸爸盯着儿子的背影,得意地冲着马晨妈妈指了指自己手腕上的表。马晨妈妈做了一个表情,然后压低声音埋怨道:"你就瞎折腾吧!"

马晨不再说话。妈妈问:"晚饭多吃点,吃饱了没?"他不吭声。爸爸问:"作业做完了?"他像没听见一样。

马桶战争结束,马晨受伤严重。他终止了一切外交,要逃回到家园疗伤。第二天早上,爸爸送他上学,他还是闷头憋着,不说一句话。

看见爸爸走了,马晨一个人站在操场边上,把书包放在塑胶地上,双手掐腰站着,他憋坏了。

刘畅喊他时,说不出为什么,眼睛竟然有点湿。刘畅感到了马晨脸上的异样,问道:"你怎么了?"

马晨说话了,把家里换马桶的事情说了,他不说,非憋屈死不可。让马晨没想到的是,刘畅听完,大笑起来。

"可笑吗?"

"太可笑了！"

"有什么好笑的？"

见马晨生气了，刘畅才忍住不笑了。两人走回教室时，刘畅一直低着头，不让马晨看见自己的脸。马晨说："你还在笑？"刘畅摇着头说："没笑没笑！"但是，就不把脸朝向马晨。

第一节是数学课，程老师又修理了短发，很精干。这样的女老师很严肃，严肃得像印在书上的勾股定理一样没有表情。

好多同学都了解程老师的习惯，她如果在上课时不停地伸出手撩一下前额上的一绺头发，那就说明她今天的心情百分之九十不好。

现在，上课不到三分钟，程老师已经撩了好几回头发了。

就在这时，刘畅埋头笑出声来。马晨转头看刘畅时，见刘畅把头埋在双臂前，两肩不停地抖动，像通了电流一样。一个人，实在是忍不住才会笑成这样的。马晨再回头看前面的程老师，她已经朝刘畅走了过来，一连撩了三次前额上的头发。

"你笑什么？"

刘畅停了一会儿，才勉强抬起头面对程老师那张严肃的脸。刘畅的脸上还有笑的余波没有逃干净，在程老师眼中，那是嬉皮笑脸。

"我在问你，你在笑什么？！"

刘畅站起身，抬头瞥了马晨一眼。马晨心里闪了一下，刘畅这家伙，不是因为我家换马桶的事情笑个没完吧？

"没事……"刘畅低着头对程老师说。

"没事？没事你能在课堂上笑出声来？是我讲得不好吗？如果我讲得不好，你们和你们的家长可以提出来，换掉我这个数学老师！"

这问题太严峻了。刘畅脸上的笑意瞬间跑干净了。

"说吧，为什么在我的课堂上笑出声来？给我一个合理的解释！"

刘畅又下意识地看了马晨一眼。那眼神像是跟马晨解释，他是迫于压力，不得不说出下面的话："今早上，马晨跟我说，他爸爸嫌他在卫生间的马桶上坐的时间太长，就把他家的科勒智能马桶，换成了简易的蹲便，说他再有本事，也蹲不了多久……"

这时，班上就有人笑了起来。

程老师听了，脸上的僵硬表情先是松动了一下，然后大幅度变形，也笑起来。见老师笑了，教室里的笑声就放肆起来。

马晨心里暗暗叫苦，真有这么好笑吗？他和同学们都发现，严肃的程老师在笑起来时，也会伸出手不停地去撩前额上的头发。

自从马晨爸爸接管了儿子的学习，妈妈就不过问了。马晨想忘掉换马桶的不愉快，但是，忘不掉，因为他每天回家总是看见那个蹲便，他蹲在卫生间里，真的坚持不了多一会儿。他和爸爸之间的冷战继续。

期中考试时，他择机报复了爸爸的"大国"欺凌计划。哪个初中男生没学会记仇？为什么中学的男生经常出事？他们一脚就能轻松地跨进叛逆的大门，因为他们到了记仇的年龄。

他的数学成功地考了五十五分。分卷子时，程老师问他："你怎么了？"言外之意是，过去考试成绩可不这样，下滑的速度也太出人意料了。马晨说："没怎么！"

程老师又说:"这样的成绩,可对不起天天接送你的爸爸!""没什么对不起!""别伤了家长的心!""我的心都伤成咸菜了!""你的心伤成咸菜了?什么意思?""我的心被眼泪泡的!"

……

马晨回到家把考卷放在最显眼的茶几上。妈妈先看了考卷,小声感叹道:"我的天!……"然后望着儿子,掩藏不住内心的焦虑。

马晨一脸的轻松。爸爸看了考卷,把考卷抖得哗哗响:"怎么回事?"

"我最近累了!"这是马晨想好的理由。

"累了?学习累了?"

"两腿累了!"

"两腿累了?"

"蹲卫生间蹲的!"

马晨爸爸一下子明白和儿子之间的"战争"还在继续,他以为战争结束了,没想到儿子又挑起了战争。他抓住儿子的衣领,把儿子拖进房间,从里面反锁上门。门外的妈妈把耳朵贴到门上,只听到里面传出从没听到过的声音。

门再打开时，马晨爸爸一手提着裤子，一手拎着皮带冲出来了。马晨趴在床上，裤子褪到脚踝，白白的屁股上有红红的血印子……

妈妈责备爸爸："你怎么这样打孩子？"

"他爷爷活着时，就这么打我的！"

"这样打你，你成才了？"

马晨妈妈的这句话，让马晨爸爸原本一个鼓鼓的皮球泄气了，瘪了。妈妈在责备爸爸的暴行时，马晨还裸露着伤痕累累的屁股趴在床边上不动。他擦了一下脸上的泪，对妈妈说："妈，你用手机给我拍下来！"

"拍什么？"妈妈知道儿子指的是什么，但是，她仍旧问了一句。

"把我的屁股照下来！"

爸爸眼睛瞪得溜溜圆："你要干什么？"

"告你！"

"父亲打儿子，不犯法！"

马晨不看爸爸，趴在床上，但是，说出的话字字千斤："让你第二次进拘留所！"

妈妈一把将马晨爸爸从儿子的房间里推出去，把门关上。她关切地坐在儿子的身边："我用冰块给你敷敷，会很快消肿的。你爸爸疯了，他不对！"

"给我拍照！"

"不能拍！"

当妈妈的手轻轻抚摸着马晨红肿的屁股时，马晨不说话了。他冷静下来，问妈妈："从换马桶，到用皮带抽我，算不算暴力升级？"

"算！"

"该不该告他？"

"该，但你不能告你爸爸啊！"

"不告他，他该不该向我道歉？"

"该！"

"我等他的道歉！"

"……"

第二天，爸爸有意躲避马晨，于是妈妈准备送马晨去学校。马晨说："从今天开始，我准备坐公交上学。不用你们送！我一个中学生，能一个人去学校了！"马晨不等妈妈说话，已经出门走了。

体育课是四百米跑训练。马晨跟体育老师说:"老师,我不能跑了,屁股疼!""屁股怎么了?""长东西了!""那就坐到一边休息,看别人怎么训练!""我不能坐,只能站着看!""看来,很严重啊!站着看吧!""谢谢老师!"

马晨的左右屁股蛋,右边比左边严重,压迫它的时候更疼。他就坚持着把压力给左边,身子只能歪着。

程老师站在讲台上看得清楚,总是抽空插一句:"同学们上课时尽量坐正了,时间久了,对你们的身体发育有影响,你们一天都要坐在椅子上,要保持一个正确的坐姿!"她在提醒马晨。马晨也知道是自己的身体歪着,就像一片小树林,只有一棵树歪着,很扎眼。马晨咧着嘴,忍着疼,把身体的压力慢慢给了右屁股。但是,他坚持不了多大一会儿,右屁股实在是太疼了,身体就又歪歪了……

回到家吃晚饭时,马晨是站在餐桌边吃的饭。一天的课,给了自己屁股太大的压迫,它们应该得到缓解和休息。

爸爸和妈妈知道儿子站着吃饭的原因,不敢提这个话头。马晨吃完了，对埋头吃饭的爸爸说："你欠我一个道歉！"

爸爸和妈妈在整个晚餐的时间里，第一次抬头面对马晨。他们以为这件事情过去了。但是，儿子没让它过去，也不可能轻易过去。

第二天早上，马晨看见客厅茶几上放着一张纸，上面是爸爸非常难看的字：打你不对！爸爸向你道歉！

马晨歪头欣赏了一会儿纸上的字，那几个字就像下水道里爬行的耗子，走走停停，见不到光亮。马晨拎着那张纸，走进爸爸房间，说道："爸，这么难看的字你也敢写出来？我到了你的年龄，要写这么难看的字，就把它吃了，也不敢说自己是中国人！"

马晨痛斥完爸爸，不管爸爸是什么表情，转身走了。

马晨把爸爸的那张道歉纸放在口袋里，坐公交车时，屁股竟然不怎么疼了。

那天晚上，马晨半夜去卫生间，看见爸爸在自己的房间里亮着灯练毛笔字。爸爸练字的那个侧影，又陌生又新奇。

白天，马晨抽空还问妈妈："我爸抽了什么疯，还练上字了？"

妈妈跟马晨说："儿子，你那次说你爸爸的字难看，他的自尊心受伤了，才开始偷偷练毛笔字的！"

几天之后的夜里，爸爸又在认真地练字。马晨走过去，对爸爸说："爸，有件事情想跟你说一下。"

"什么事？"

"那次考试，是我故意考了五十五分！"

爸爸手里的毛笔刚刚蘸足了墨，听了马晨的话，愣了一下，毛笔尖上的墨汁就滴到了纸上，一点点地洇开了。

"是换了马桶之后考的试吧？"

"没错。"

"疯了！"

马晨听见爸爸半天才说了两个字。他不知道爸爸是说马晨疯了，还是说自己疯了。不过，马晨大脑中闪现的画面是，一只大狗和一只小狗撕咬之后，退到一处角落，各自在舔自己的伤口……

这时，门口传来妈妈的声音："我买的是什么啊？"

马晨跑去看时，见门口有个大纸箱子，是快递员刚刚送来的。纸箱子打开了，一件件东西被妈妈掏出来，她又忘记自己买了什么,不停地拍着自己的额头,实在是不认识箱子里的东西……

马晨心里想,明天,还不知道会发生什么。不过,挺有趣。每天,不认识眼前的世界,才真的有意思。

我们的夜晚

我瘦弱不堪，因为我没有书读。这是一个噩梦。我看见自己瘦成一条青虫，来了一阵风，就把我吹上了天。

我不想知道别人的夜晚都发生了什么。因为我的夜晚发生的事情，已经让我应接不暇。我想做的，跟所有人一样，就是在美梦中不想醒来。恐怖的梦，会让我想尽办法逃离黑暗。

很多年后，我的女儿因为惧怕夜晚，竟想变成一只猪。一个作家编写的故事，彻底迷住了她。那个故事里有一只忧郁的猪，长出了一对翅膀，让它逃离了黑夜。

我的女儿努力成为那只猪。那只理想的猪狠狠地要求自己，只吃素，就像吃草的羊，除了青草，什么都不吃。女儿想，只有这样做，那只猪才会身轻如燕，在黑夜再次降临之前，感到了前肢奇痒，生出了一对结实的

中文分级阅读七年级导读

亲爱的家长朋友：

您好！您打开的是中文分级阅读七年级图书。也许您纯粹出于好奇，也许您家里正有一位初中一年级的孩子。

这个阶段的孩子刚刚步入初中，既要面对从小学阶段到初中阶段的过渡，又要面对青春早期带来的生理和心理变化，因此会面临许多的压力和挑战。

这套由亲近母语和果麦文化联合打造的中文分级阅读文库，针对这一阶段的孩子专门配备了适宜的阅读套餐。亲近母语有着近20年的儿童阅读研究的专业积累，果麦文化有着优秀的出版品质和行业口碑。这套文库，基于亲近母语研发的中文分级阅读标准，根据1~9年级儿童的认知与心理特点，以及儿童阅读能力和素养发展的要求，精选108本经典作品。为每一个孩子，择选更适合的童书。

七年级的孩子刚步入青春早期，有着了解自身的愿望和强烈的情感需求，同时他们对广阔的世界有着更深的探索的欲望。

我们从这一年段孩子的语言、阅读和心理特点出发，择选了12本优秀的青少年小说、动物小说、现当代文学、科幻小说和中国历史读物，让孩子获得不同层面的滋养，提升他们的思维理解能力。

彭学军的《初一的冬季》，以细腻和富有诗意的语言，抒写了少年成长之路上的欢乐与忧愁、内心的矛盾与憧憬。常新港的《马晨和爸爸妈妈都做过疯狂的事》，表现了青春期的男孩女孩们在成长中的心理状态。薛涛的《特殊的礼物》同样讲述了少年成长中的经历，和内心的隐秘情感，凸显了孩子们的勇气、自信与独立精神。

有趣的动物小说永远是孩子热爱的题材。金曾豪的《雄鹰起飞》，以大自然的视角，用武侠小说的笔调，抒写丛林世界不同类型动物的风采。《鹿苑长春》是普利策文学奖获奖作品，是一部有关童年、勇气、亲情、成长主题的经典，让每个处于青春期的孩子都能从这里收获新的勇气。

品味好的语言是孩子一生的功课。《泰戈尔诗选》清新优美的文字背后，充满了作家对生活的热爱与对爱的思索。《朝花夕拾 野草》作为鲁迅先生自传体散文与散文诗的代表作，文笔深沉隽永，让我们感悟与思考。《骆驼祥子》是老舍先生最著名的长篇小说，他成功地塑造了祥子、虎妞等一批性格复杂、形象鲜明的艺术形象，语言质朴平易，善用俗语，写活了老北京的风土人情。这些经典作品历经时间的淘洗依然熠熠生辉。

这个阶段的孩子也要广泛阅读各种类型的作品。《夜航》

是《小王子》作者的另一部杰作。在宏大的主题下，作者将笔墨聚焦于夜航飞行员的个人经历中，情节紧凑又富有节奏感，文字具有很强的感染力。

《安妮日记》是德国籍犹太少女安妮在二战中遗留下来的一本日记，记录了一个正值花样年华的少女在战争和种族迫害的阴影下，依旧坚强乐观、渴望自由的不凡经历。《星际战争》是"科幻界的莎士比亚"威尔斯的代表作，也是一部最早书写"外星人入侵"题材的科幻小说，给孩子们打开无尽的想象空间。

这个时期的孩子也需要对中国历史的脉络有较为清晰的了解。《国史纲要》原为著名史学家雷海宗先生在清华大学和西南联大讲授中国通史的讲义，用一本书梳理中国数千年历史变迁，读之使人豁然开朗。

泰戈尔在《飞鸟集》中写道："我听见有些东西在我心的忧闷后面萧萧作响，——我不能看见它们。"这句诗正是孩子青春时期敏感心灵的写照，愿优美的书籍像一双双宽厚的手，牵着孩子迈过青春的门槛，奔向广阔而灿烂的未来！

每一个此刻，都有适合的童书。

期待每一个孩子的成长之路上，都有这套中文分级阅读文库的陪伴！

亲近母语 × 果麦文化

初一的冬季	马晨和爸爸妈妈都做过疯狂的事	雄鹰起飞
朝花夕拾 野草	特殊的礼物	泰戈尔诗选
骆驼祥子	国史纲要	鹿苑长春
夜航	星际战争 THE WAR OF THE WORLDS	安妮日记

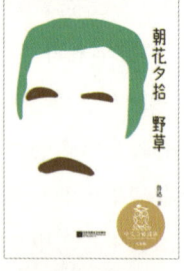

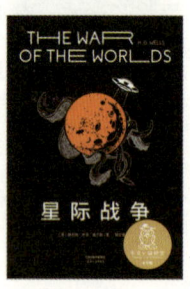

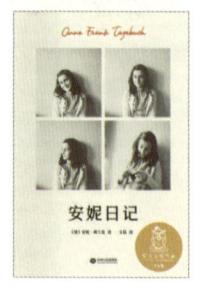

翅膀，永远告别了黑夜。

女儿二年级时，自己主动少吃或者是不吃零食。而别人家的孩子一发胖，几乎全家总动员，看守着孩子那张贪吃的嘴。

早餐桌前，我对女儿说："不吃一个鸡蛋，也该吃半个鸡蛋啊！"

女儿不摇头也不点头，就像是没听见我的话。

"你原来吃一个鸡蛋，后来变成吃半个鸡蛋，现在，你连半个鸡蛋也不吃了，不想长个儿了？"

"不想！"女儿说。

那时，我根本不知道女儿的秘密。不知道在她心里已经有了一个惊天计划，她一心一意要变成一只生出翅膀的轻盈的猪。

女儿画了很多的画，都是彩笔画的。白纸上彩色的猪都长着一对对可爱的翅膀。最初看见它们时，我没有认出那是一只只的猪。

我妻子看见那些画，对我说："女儿画的是天上的飞鸟吗？"

"飞龙？"我也歪着头端详女儿的画。

都不像。

我和妻子潜入女儿的房间，把那些只有一个主角形象的画一张张展开，铺在女儿的床上、桌上、地板上……我们再次问那些画："这是画的什么？"

画无语。答案在女儿那里。她还没从学校回来，到了该接她回家的时间了。我让妻子接女儿，我来收拾一下女儿的房间。不收拾好让她发现，她肯定会生气的。

当我一个人在女儿房间里收拾画时，我突然发现，当我的手摸到画上的那些主角时，它们全都闭上了眼睛。

我惊得跳了起来。

这时，我的身体跟它们保持了一定距离，它们才睁开眼睛。画上的动物是有生命的。我被女儿的生活吓住了。

我不敢看画上动物的眼睛。我把它们整齐地摞到一起时，不知道它们是睁着眼睛还是闭着。我像小偷一样，手忙脚乱地逃离了女儿房间。

到了晚上，女儿还是发火了。

"你们动了我的画！猪的脸上有指甲划过的伤！"

我和妻子简直就是心惊肉跳。不知道是我，还是妻子，哪里能知道我们触碰画上的动物时，会碰伤它们。

不过我们这才知道，画上的那些神秘的主角，那些生出了翅膀的似龙似马的动物们，原来都是猪。

我和妻子都遭到不同程度的打击，来自女儿世界的打击。

在一个夜晚，我想跟女儿聊天。其实，就是想跟她好好谈谈。当一个大人想跟一个小孩子认真谈话时，是多么多么的难啊！因为她把自己内心的门关得死死的。当你想要走近它时，她把门锁上了，又挂上一把巨大的锁，还让你无法找到钥匙。

我问女儿："猪很胖啊！它长着翅膀也很难飞到天上去的，你想过吗？"

女儿瞪着我。

我跟女儿无法交流。

有一次，我跟妻子说："她很危险。"

"谁危险？"妻子看着我的脸，正在端着杯子喝茶，听了我的话，她的手晃了一下，有茶水溅出来。

"女儿。"

"你发现什么了？"妻子的脸很紧张，流露出恐惧的神情。

我犹豫着，在选择词语。

"说啊？你到底发现什么啦？你要急死我啊！"妻子把茶杯很重地放到茶几上。

我的话艰难地吐出来："我发现，咱们的女儿离我们越来越远了！"

"啊？！"妻子软软地瘫在沙发上，脸色苍白，两只手开始颤抖。

我把一只手搭在妻子的肩膀上，安慰道："我只是感觉。"

天上落下第一场雪。雪花降落的速度很慢，摇曳着，像是在观察大地的表情。从上午十点开始降雪，一直到了傍晚七点钟，雪才停下。天空竟然出现了冬日的月亮，晶莹剔透，就像是被人画到天空上一样。

我从女儿房间的门缝中，看见她站在自己屋子的窗台上，双手趴在玻璃上，盯着窗外那一轮皎洁的月亮。她穿着自己喜欢的那件夏天的裙子。这是冬天了，她自己把夏天的裙子找出来穿在了身上。

一个小时后,我从门缝中看见女儿还站在窗台上,双臂贴在玻璃上,望着冬夜的月亮。

我心里有些不安。回到卧室,妻子问我:"女儿在做什么?"

"她站在窗台上,望着外面,看雪吧,也许是看天上的月亮,月亮像是被水洗过一样……"

"我去叫她睡觉。"

妻子被我拦住了:"别打搅她。"

我有一种预感,这预感让我一夜无眠。天亮了,我也不想起来,其实,是不敢起床。那种预感在控制着我。

妻子起床后,在洗脸刷牙。我听着妻子的动静。之后,妻子去了女儿的房间,我还听见她叫着女儿的名字。然后,我听到了妻子慌张的脚步声,她一头撞进了卧室:"女儿不在了,窗户上挂着她的那件裙子。……"

预感被证实了。我去了女儿的房间,看见了女儿的裙子贴在窗户玻璃上,两只袖子扒在上面。

我明白,昨天,在黑夜降临之前,女儿肯定生出翅膀,变成了可爱猪,逃离了黑夜,去了没有黑暗的月亮世界。

妻子伤心地说:"我要去找女儿!"

我说:"想找女儿,必须要有女儿那样的一对翅膀。"

妻子说:"能长出翅膀,让我做什么都行!"

我和妻子从那天开始,跟女儿一样节食了。我们照着女儿做过的那样去做,不吃世上的美味,只吃跟草一样的素食。

我和妻子都渴望长出翅膀,去追赶女儿。我和妻子不止一次地商量,不管我们俩谁先生出了翅膀,都要把女儿找到。

有天清晨,我还没有完全醒来,正处在恍惚中。一个男孩子走到我床前,呆呆地望着我,轻声说道:"你要去没有黑夜的地方了……"

我一激动,想睁开眼睛。但是,眼睛被小男孩子的手遮盖住了:"别睁眼,一睁眼,你的梦想就破灭了。"

"你是谁?"

"我是小时候的你!"小男孩的声音清晰无比。

"你是小时候的我?"

"对!"

我醒不过来。我想看一眼这个站在床前的小时候的

"我"。我还想确认一下自己远离黑夜的时间……

我终于醒了。妻子推醒了我："你做梦了吗？好像哭了！"

我摸摸枕头，枕头是湿的。

有一点想不明白，在我努力寻找女儿的时候，为什么小时候的"我"又出现了？难道小时候的"我"也去了没有黑夜的地方？

正是因为我比妻子多了一个逃离黑夜的理由，所以我先于妻子离开了黑夜，去了那个永远明亮的世界。

那个世界没有阴影，没有污浊，没有黑夜。走到哪里都是亮的，干净的。我看见草地上的花朵，它们开得很大。因为没有黑夜，所以植物和果实都像漫画中的一样硕大而夸张。

我去了一个讨论"黑夜"的现场。只有在这个现场，才能见到想见到的人。因为，逃离了黑夜的人，都会赶到这里，给人们讲自己的"黑夜"故事。

逃离了黑夜聚集在这里的人，我没想到会有这么多，从他们的脸上，看出他们是幸福的人。他们脸上的"黑"的痕迹正在消失。

我真看见了女儿。女儿站在台上,在讲自己的"黑夜"。她说,有一天,她发现自己钟爱的老师并不爱自己的学生,只是关心班里的学习成绩,一个学期下来,全班同学几乎都戴上了眼镜……

我心有所动。女儿讲完之后,我想冲上去抱住女儿。但是,我发现女儿早已看见了我,她笑着朝我走过来,并把手指按在自己嘴唇上,示意我不要出声,不要打搅别人,因为,还有人要走上讲台,给人们讲述"黑夜"的故事。

我用手揽着女儿的肩膀,坐在草地上,看见一个小男孩走上了讲台。他在讲一段没有书读的经历,他叙述的是"文革",自己的爸爸被打成了"牛鬼蛇神",家被红卫兵抄了,书都被抄走了……那样的黑夜,让一个小男孩子的精神世界瘦弱不堪,所以,他逃离了黑夜。

我听着这个男孩子的故事,泪流满面。那样的"文革"经历,我太熟悉了。我觉得这个男孩子在讲我的故事。男孩子讲完之后,像女儿那样,从台上走下来,一直走到我面前,望着我:"你来了?"

我认出了这个男孩子。

男孩子笑着说:"把眼泪擦了!"说着,他伸出手指,把我脸上的泪抹去了。

"我认识你,你是小时候的我。"

男孩子点头,也把手指头按在自己嘴唇上,示意我不要说话,仔细听别人的故事。

这时,又一个男孩子走上了讲台。

小时候的"我"垂下头,把嘴唇凑到我的耳边说:"这个男孩子,你也认识!"

我死死盯着台上的男孩子。这个男孩子讲起自己童年时挨饿的经历,他讲到村里人吃草啃树皮的事情,让现场上的人们动容,流出辛酸的泪来。因为,很多人都经历过那个饥荒年代。

这也是我熟悉的故事。

我对小时候的"我"说:"我知道他是谁!"

"谁?"

"父亲。"

我看见去世多年的父亲走下台,望着我,朝我走过来时,我已经哽咽不止了。

我遇见了所有渴望见到的人。我在耐心等待妻子的到来，听她讲述自己的关于"黑夜"的故事。

当然，人在光明处，才会说出"黑夜"的故事，才敢讲出"黑夜"的故事。

那个冬天，那个人……

　　我五年级的那个冬天特别冷。听说农场里很多人家养的鸡和鸭子都冻死了，还有一匹马也冻死了。天上不落雪，只刮北风。就是这样的天，才叫真冷。

　　我们还要去学校上课。谁都不想上课，因为教室里也冷。教室里的窗户变形，到处裂缝，那风就像刀子一样射进教室，离它近了，耳朵会听见风在鸣叫。教室里的取暖设备，就是一个砖砌的炉子和一面砖砌的火墙。

　　烧炉子，是一件大事。北大荒的冬天，天亮得晚，黑得早。要烧炉子，就得在天不亮时去学校，用劈柴引燃炉子，加上煤，把火墙烧热。一两个小时后，才能将教室里的寒气慢慢赶走。

　　每天下午放学前，老师都要布置安排第二天早上烧炉子的人。一到这个时候，老师的眼光就在同学的脸上扫来扫去，我和同学们都低着头，躲避老师的目光。一想到要起那么早，天还那么冷就要离开热乎乎的被窝，独自一个人来到冰冷的教室里生炉子，就觉得可怕。

老师也不忍心叫我们早起生炉子，他在等着我们学生主动举手，希望有人能够主动为同学们生炉子。

这时，一个叫王才军的同学胆怯地举了手。一开始，老师没看见他举起的手，因为王才军还没有把手举过他自己的头。

老师问："王才军，你是在举手吗？"

王才军脸红了，手想缩回去，又想举高一点。他不习惯举手的，因为在课堂上他从不举手，从不回答老师提出的问题。同学们都知道，老师提的问题，他永远不知道答案。

老师又问道："王才军，你要是举手，就举高一点，让我和同学们都能看到！"

王才军这才把手举过了头顶。

他一举手，我们都把头抬起来，舒了一口气。老师笑了一下，点着头说："王才军明天生炉子吧！"

第二天，我们一进教室，果然很暖和，一股热气扑面而来。王才军的脸上有烟熏的痕迹，手上也残留着煤黑。他蹲在炉子前，把早上带来的凉馒头，放在炉子上烤。

我们上第一节课的时候，除了温暖外，还能闻到炉子上烤馒头的香味。在温暖和有香味的教室里上课，大家心里都洋溢着幸福。

从那天开始，老师不再安排同学轮流生炉子了，因为王才军背后跟老师说，冬天烧炉子的事，他一个人包了。

一个月过去了，我们都已经习惯温暖的和有香味的教室了。

王才军的学习成绩真的很差，刚刚考完试，他的成绩又在全班垫底。老师批评王才军的时候，总是说："你要多抽出点时间，做做算术题，背背课文，多查查字典，你的错别字太多了！"老师指责王才军的时候，非常激动，非常生气。我偷偷看王才军，他的鼻孔四周还挂着生炉子时的煤黑，手也是粗糙不堪的。挨了老师的批评后，他一直垂着头，用力搓着自己的手。

我跟他说:"你去外面用雪搓搓手,也把自己的脸上的煤黑搓掉!"

他看看我,点点头。

他一个人跑到教室外面,蹲在雪里,用雪搓自己的脏手,用雪搓自己鼻窝处的煤黑。我心里有些替王才军不平,觉得老师批评王才军太狠了一点,就是看在他每天为同学起大早生炉子的份上,也该嘴下留情的。

我最担心的是,王才军挨了老师的"痛批"之后,就不再为大家生炉子了。

第二天,王才军照旧去教室生炉子,把教室烧得暖暖的,也照旧蹲在炉子前烤馒头,吃早餐。

某日,我走进教室时,一阵寒气袭来,炉子没生,火墙是冰冷冰冷的。同学们进了教室,手套和帽子都摘不下来,室内的温度跟室外的气温差不多。老师来了,手忙脚乱地生炉子,并告诉我们,王才军的家搬到别的农场去了。

老师和我们没有经验,把教室里烧得全是烟,呛得睁不开眼。大家只能都躲到教室外面,一面等着教室里的烟散尽,一面拥挤在教室外面,不停地跺着脚取暖。

那个时候，大家都不说话。

在那个冬天的早晨，我望着灰蒙蒙的天，第一次会想念一个人，想念的是家庭之外的人。

陈一言和谭子的平常夏天

陈一言都是在清洁工扫马路之前跑步的,跑完后便朝家走。路过油条小吃部,他买七两油条,包括爸爸和妈妈的早餐。所以,妈妈常对同事们说,我们家早饭都是一言做的。那些为自己儿女上学忙得不可开交的人说:"儿子做饭,不影响学习吗?"

早晨,陈一言总要在小吃部先吃掉一根刚刚出锅的松软皮焦的油条。在吃油条的时间里,他有足够的时间观望街道的风景。这样,他就看见谭子从一个路口出现了。他和谭子是同班同学,平时很少说话。

谭子一走出路口,就看见小吃部门前的陈一言了。她习惯于男女同学在陌生的环境中相遇但不打招呼。就在她走过去时,陈一言却说话了:"谭子,你不买油条吗?"

谭子转过头去，装作刚刚看见陈一言："是你，我家里人不习惯吃油条。"

陈一言就不知说什么了。这工夫，没有停步的谭子披散着头发走过去了。陈一言在以后的回忆中，觉得谭子在那个早晨是飘过这座城市街道的。

那天，学校附近的消防队在搞一种新型灭火弹试验。有一颗灭火弹很响，把教室窗户上的玻璃都震落了。受害者是离窗最近的谭子。那块玻璃落到窗台上摔得粉碎，飞溅起的一小块玻璃划破了谭子的左脸。划得不深，可血流了不少。当谭子朝同学们转过脸来时，让人感觉她满脸是血。几个男同学涌向谭子，其中也有陈一言。几个男同学都取出自己干净的手绢递给谭子。谭子伤心了，因为对比男同学的关怀，女同学都冷眼观望，连平时跟她很亲近的女同学也表现出一种令谭子难以接受的冷漠。

天很热，好几个男同学吵嚷着放学后去江里游泳，有几个女同学也要去。放学时，有人叫陈一言："你不去吗？谭子也去呢。"陈一言脸红了："你为什么这样说？"

谭子当时不在场，如果她在，听见这话会怎么想？说这话的是女同学茗菲。

在以后的日子里，陈一言又碰到几回类似的事情。

陈一言不会游泳，只玩过几次水，还是在浅水域里，都是跟父亲来的。父亲每回朝深水游时，陈一言就用羡慕的目光追逐波浪中的父亲。有一次，父亲用一根橡皮条系在一言身上，再让他套一个救生圈，然后拽着儿子朝深水里游去了。游着的时候，一言只有一个念头，那就是怎么才能把系在胳膊上的橡皮条解开。游完回家时，父亲跟一言母亲说："儿子今天游到江心最深的地方，长大了。"

一言难为情地说："还能找到第二个系着橡皮条游泳的人吗？"

这是去年夏天的事了。

火是从临街的一栋居民楼的三层烧起来的，这条街是陈一言他们放学的必经之路。时间是下午五点左右，百分之八十的学生都围在街上目睹了那乱纷纷的场面。该死的是天上竟有风，风助火势，更加重了这场灾难。陈一言和同学们看见消防队员手中的水枪喷出一条条弧形的水带，空中有燃烧着的衣服飞舞着，满天的黑色尘埃加剧了这场灾难的悲剧性。

消防队员背着昏迷的人跟浓烟一起冲出了楼门。一个孩子在四楼被抢救队员夹着，顺着一根绳子滑下来，那孩子唇边的血迹令人忧心忡忡。谭子站在陈一言的前面。围观者都能感觉到愈加强烈的热浪。这时，又一阵风吹来，火星和烟尘直扑围观者。谭子"呀"了一声，捂住脸转身扑到离自己最近的一个人的怀里，她需要人的帮助。

陈一言抱住谭子时，周围许多同学都看见了。

谭子的脸埋在陈一言的怀里半天没起来，浓烟和尘埃使她疼痛难忍。当她熬过了最初的痛苦抬起脸时，满脸是泪。

陈一言看见谭子的脸上、眼睛上沾满了黑尘，知道她眼里进了东西。他一摸口袋，没有手绢，问旁边的同学："谁带手绢了？"

茗菲最先回答："没带。"有几个男同学用余光扫着陈一言和谭子，不说有也不说没有，都沉默着。

陈一言把谭子拉到离火灾现场远一些的地方："你坚持一下，附近有个药店，我去买两瓶眼药水，一冲就好了。"

谭子抓住陈一言的袖子:"你快点,疼死我了。"陈一言买了眼药水跑回来时,见谭子蹲在地上,捂着眼哭着。陈一言说:"快别哭了,很疼吗?"

谭子摇摇头:"我也不知道。"

陈一言用手撑着谭子的眼皮滴药水时,班里几个男女同学都站在不远不近的地方朝这边看,好像这边又失火了。

也许,谭子为了感谢陈一言,在周末放学时,邀请了陈一言。谭子递给陈一言一张字条:我们六点钟在学府路"漫游咖啡屋"喝咖啡好吗?

陈一言一踏进"漫游咖啡屋",就看见谭子早已坐在靠墙的位置上。谭子微笑地看着他,当他一步步走近她时,她就保持着那种微笑。那微笑在他以后的日子里,再也没有消失过。

那时候,陈一言和谭子都没有说话,大约过了十几分钟,两人都被这种特殊的沉默逗乐了。笑过之后,又是快乐的沉默。

两人还是什么话也没有说。

街上灯火通明时,谭子站起身:"我们走吧。"

陈一言点头:"我们走吧。"

两天后的下午,大家都在上自习课,班主任不在。有个男人开门探了一下头,谁也没有看清那男人是谁。但茗菲站起身走了出去,很快又返回教室,对陈一言说:"有人找你。"

陈一言没多想,来到走廊上,长长的走廊没见到人。这时,在楼梯口的拐弯处,那个男人出现了,并友善地朝一言招手。一言朝那男人走去时,他断定,他从没见过这位身有香水气味的陌生男人。

男人说:"去外面走走。"

陈一言说:"我不认识你。"

男人说:"一会儿就认识了。"

陈一言说:"有事吗?"

男人说:"一点儿小事。"

陈一言说:"就在这儿说吧,我正在上自习课。"

男人开始微笑:"不耽误,几分钟就行了。"两个人走出了大门,面对着一片空旷的操场。

男人转过身来,微笑无影无踪,表情强硬地说:"你怎么认识谭子的?"

陈一言如坠梦中:"你是……"

男人说:"我是谭子的父亲。"

陈一言预感到了什么:"你为什么找我?我和谭子是同学。"

谭子的父亲一把抓住陈一言的衣领,拽向自己:"你和谭子之间发生了什么?我只有这一个女儿,我一生最大的遗憾就是没有上过大学,我拼命挣钱,就是让谭子吃得好,穿得好,舒舒服服地考进大学。没想到,遇到你这个下流东西,天天缠着我女儿……"

陈一言想挣脱谭子父亲的手,但无济于事。那只手因为愤怒变成了钢爪。

"请你不要用下流这种词,我和谭子……"

"不许你叫谭子的名字,我不允许。"话音未落,陈一言的鼻子上挨了重重的一击。

陈一言仰天倒在地上:"你为什么……打人?!"

谭子的父亲一字一顿地说:"今后,不允许你跟我女儿说半句话。"说着,从衣袋里掏出了一张五十元的票子,按在陈一言流血的脸上,"去医院吧。"转身走了。

陈一言坐起来,身旁有围观者,他欲哭无泪。他觉得生活在两分钟前变了一个样子,变得极其不自然了,他有点恶心。他把那张五十元的票子扔在地上,朝教室走去。后面有人喊:"你的钱。"他觉得真要呕吐了。

接下去的日子,让陈一言更不舒服了。班主任三天里四次去陈一言家中家访,同学背后都叫班主任是妇救会长。都在工作的陈一言父母,总是留下一个陪陈一言,让陈一言说出他和谭子到底怎么回事,从什么时候开始的,发展到了哪一步。

陈一言不说话,他决定把自己的嘴巴闭上。

那天晚上,爸爸跟陈一言说:"吃完饭,咱们出去走走。"

陈一言也没回答去还是不去,只是用乞求的目光望着父亲。父亲当时只怀着一种坚定攻克堡垒的心情,陈一言呢?他决定加固自己不可侵犯的阵地。

确实,当爸爸再重复别人说过的话时,就像进了油条铺,只能吃到油条一样。

陈一言想哭了,过去他很信赖爸爸,碰到许多被他当作谜一样的东西时,只要找到爸爸,就找到了答案。这些日子,他一直想找一个地方,把发生的不愉快都哭出来。

"一言,你以为不说话,就能掩盖你做错的事情吗?"

爸爸这句话说完,陈一言盈在眼眶里的泪就凝固住了。爸爸的语气和说话的内容,跟这两天所有人说的话没有丁点儿区别。

"爸,我经常想找把凳子坐下来。"

爸爸严厉地盯着儿子:"你还感到累是吗?"

陈一言迎着父亲的目光不退缩:"我不该有疲劳感吗?"

陈一言在家中休息了一个星期后,才知道谭子也没来上课,而且,今后再也不会来这儿上学了。谭子的父亲在海南有一家分公司,他把谭子转学到了海南一所新建的收费昂贵的学校。

那一天,陈一言在极恶劣的心情中度过。

陈一言乘上公交车,一直到了终点。他在江边坐下来。江边公园的人很少,只有一些零星的外地游人和闲散的老人。

他朝江心凝神注目了十几分钟,然后开始脱衣服,走进水里,齐腰深时,一纵,用极不熟悉的动作划水。

他一直盯着江心。他嘲笑自己，过去为什么要同意父亲在自己身上拴一根橡皮条呢？现在什么都不怕了，无所谓了。陈一言不紧不慢地划着水，水面上回荡着自己不均匀的呼吸声和击水声。他回头望了一眼，离岸边有七八十米远了，他从没游过这么远的距离。岸上的建筑和人影，变成了近似雨中的模糊景象。

他心情出奇的平静，那种回到岸上的欲望是如此的微弱，微弱到已经休克，再也不会醒来。他想让世人忘掉自己，同样，他也要忘掉这个世界。看来，要忘掉一切的心境，并不都是痛苦的。他需要休息，长久地休息下去。

请原谅我，爸爸、妈妈、同学们还有谭子，我不恨你们，但我累了，确确实实很累了。

陈一言仰面躺在水面上。他不需要动一下，他自己找到了一个很好的地方——归宿。身体开始下沉，很慢，好像再让他看一眼天空。人都有这样一段时间举行告别人世的仪式吗？

他听见了划水声，声音很有力，很紧迫。于是，陈一言看见一个不算年轻的男人游过来了。五十岁了吧？

也许六十岁？离得更近时，陈一言发现那男人看上去有七十岁了。

陈一言看见老人始终用一条右臂划水，他在洁净的江面上没有发现老人的左臂。

老人同陈一言交臂而过时，说了一句："年轻人，别肚皮朝上，还有六十米，就到对岸了。"

陈一言看见像旧桅杆一样的独臂晃动着渐渐远去。

陈一言的脑子突然一片空白，不自觉地挥动起胳膊，跟在独臂老人的身后。

陈一言软软地瘫在沙滩上。他第一次游过了江，第一次体验了死亡的心境。他又找到了岸，抓住了岸上的沙土。他哭了起来。

那个独臂老人站在他面前，俯身凝视着他："你丢东西了吗，孩子？"

陈一言用手挡住自己脸上的泪说："没有。"

几天后，发生了一件跟陈一言密切相关的事。在学校的收发室里，有一封寄给陈一言的信。信是从海南寄来的，所有见过那封信的人都判断出是谭子写给陈一言的。茗菲从收发室拿走了信，没有交给信的主人，而是交给了班主任。班主任也没有交给主人,而是亲自换乘几次汽车,找到了陈一言爸爸的单位,交给了陈一言的爸爸。陈一言爸爸怕这封信给自己带来不好的心情,就没有打开看,一直到回了家,和陈一言妈妈一起撕开了这封信。信里只有一句话:

一言:

生活依旧灿烂,是吗?

谭子

他们沉默着,互相盯着对方的脸,仿佛在寻找什么记忆。

陈一言爸爸突然说:"这信,怎么像当年你写给我的那封信?也是一句话。"

陈一言妈妈说:"我也想起了那封信。"

两位大人又陷入了沉默。

就在那天晚上,陈一言的父母郑重地走进儿子的房间,父亲拿出谭子的信,递给儿子时说:"原谅我们,我们没经你同意,看了它。"

陈一言没说话，伸手把谭子的信抓在手里。屋里只剩下他一人时，他认真读着这信上仅有的一句话。他心里想，谭子肯定经受了他所经受过的一切。

陈一言关了灯，走进父母的房间，对父亲说："爸，我们出去走走好吗？"

父亲说："当然。"

母亲说："别丢下我一个人在屋里。"

三个人关门走上大街时，天上飘下很凉的雨，那个平常的夏天已经快过去了。

难唱四季

夏季：胡涂乱抹

何心总有办法让朋友围着她转。这是本事，她自己也不知道什么时候学会的。她会施小恩小惠：不干胶、改字纸、一粒清口糖、两元的圣诞老人帽，都很大方就送给同学了。有一点让同学们自己都不明白，他们明知道何心使用了手段，却让她屡屡得手，毁了同学之间的纯真。最先看透何心伎俩的，是女生陈笑。但是，当何心也向她使用陈旧的公关方式时，陈笑的心也软了，也经受不了诱惑。

女生们都抓紧课间的空闲玩耍。她们几个人就能办起南腔北调演唱会，让人听了浑身起鸡皮疙瘩。男生要求来个刺激的，几个女生准能满足你，亮出嗓门儿，唱晕你。如果一个游戏需要六个人，偏偏有了七个，不知为什么，大家心里就觉得多了一个何心。但是，谁也不说那句话，都等着王芳说话，因为王芳说话艺术。不信，你就听她说话艺术不艺术："现在有七个人，只能有六人参加，一方三人，不要何心的请举手！"

何心就看见六个女生举了手。但是，谁的眼睛也不看她。

何心藏了委屈，也就不说话了。因为举手表决很民主，她仰着脸走了。地上拖着外衣，还有一条长长的皮筋。

何心在五年级时被选为中队长，全班上上下下的事，她都要管，都要热情地插一手。更奇怪的是，她能读懂李老师的眼神。在五年级就能搞清老师的眼神，这本事就不小了。

下午一上自习课，同学们的紧张情绪开始松弛，教室里弥漫着蜜蜂似的嗡嗡声。值周生站在长长的走廊上，耳朵上像装着雷达，专门追捕杂音，然后给班级扣分。

李老师坐在讲台前批改作业，一出现不安分的声音，她就抬起头来："又嗡嗡了！"声音马上弱下来，像被扬洒了药水。但是，药水的持续作用不大，自由的声浪繁殖很快，嗡嗡声又嚣张起来。这个时候，何心就站起来说话了:"请同学们注意了,不要发出怪声音,这样会影响老师批改作业!"

这时候,每个同学心里都有了不良反应:何心这家伙好讨厌哟!

陈笑是最先跟何心唱反调的。何心找她去做一件事,陈笑偏不做那件事。何心说多吃巧克力人聪明,陈笑就说吃一块蠢吃两块傻吃三块就变成一头驴。陈笑越这样对待何心,何心就越觉着陈笑是个人物。陈笑衣服上粘了几根头发,何心就用两根手指拈头发,陈笑朝前走,何心就追着拈她身上的头发。

何心在临近放学时最忙:帮值日生清扫教室;打水擦桌子;给感冒的同学去附近的药店买药,药买回来,人家说买错了,何心拔腿又去换药。

晚上八点多钟,女生陈笑准能接到何心的电话:"我是何心,今天留什么作业了?"陈笑开始用怪里怪气的话拖延时间,弄得何心在电话另一头快哭了。陈笑说完作业题,不罢休,再逗一句:"哇!作业题告诉错了!"

何心在电话里已经哭了:"你快告诉我吧!"把正确的题告诉何心之后,陈笑严肃地补上一句:"你什么事都做,就是正经事没做。有你哭的时候!"

陈笑的话很明确,指责何心忙天忙地,就是不抓学习。

何心最不愿做的就是写作业。她干什么都快,就是写作业慢,能把作业磨蹭到深夜。她睡觉太晚,早晨起不来。只要一睁眼,她肯定连吃饭洗脸的时间都没了,丢三落四地朝学校奔,像是有外星人在后边追她一样。李老师看见早晨的何心,常会歪着头问:"又没洗脸?"她不说没时间洗,说早晨起来忘记洗了。有一次陈笑说她:"你连洗脸的时间都没有,都忙什么?天天在家做梦吗?"

何心说:"我在家玩电脑,没事就玩!"

她这么一说,倒让陈笑兴奋起来:"你家买电脑了?什么时候去你家看看?"

何心满不在乎地说:"随时都可以去!"她说完就忘了,陈笑可没忘。今天说:"何心,去你家看看电脑!"第二天又提这件事:"何心,去你家玩电脑。"何心总是推三阻四,找各种理由说不行,说是再找个更好的机会吧。陈笑很敏感,开始怀疑:"你家有电脑吗?"

何心这么回答:"要没有,那不成吹牛了?"

陈笑想想也是，万一吹露底怎么收拾？

星期天，陈笑无事可做，约了几个女生闯到何心家去了。几个人找了半天，敲错了几家人的门之后，才摸对何心家的房门。门一打开，陈笑她们就看见了何心的一张大红脸。另外，她们还发现了一个秘密，何心家非常小，并不像何心形容得那么大，她也没有自己的房间。她家在临街的天井里办了一个杂货店，她爸爸正骑着三轮车拉回一车杂货，擦着汗把小商品摆在货架上。也不像何心说的那样，她爸爸在什么民航局上班，更不用说有电脑了。

何心站在阴凉处，脸色窘迫，满脸是汗。几个同学离开她和她家时，她都没说出一句话。

不久的一次考核成绩公布了，何心的成绩很糟糕，连李老师也不理解了："何心，你平时都忙些什么？"

何心却说出了这样一句话："老师，我不适合当中队长！"

"你说谁适合？"

何心说出了一个名字。

李老师没听清，低头问："谁？"

"王芳。"

别说，大部分同学开始在心里慢慢接受了何心。那段时光，何心经常在夜晚重复做一个梦，梦见自己是条鱼，很舒服地游进水里。那水的深处阴凉，不一会儿就暖和了。

秋季：胡搅蛮缠

杜风在很小的时候胖得比较可爱，那张脸被爷爷奶奶爸爸妈妈叔叔阿姨哥哥姐姐形容为涂粉的太阳。他们不仅是喜欢，简直就是崇拜。到了五年级时，家中的太阳在天上变形了，先是失去了可爱的颜色，然后是无节制地膨胀，被所有的人确定为一个说不出口的形象：精粉面包。

杜风见到餐桌上有焖猪肘、红烧肉，就开始两眼放光。他最讨厌世界上流行的一句话：多吃蔬菜。可气的是，妈妈天天在他耳边重复这句话，将绿色的"草"塞到他的碗里。他把蔬菜统统称为"草"，因为他有一套强硬的理论，长耳朵红眼睛的兔子才爱吃草呢！他如果咽下一口青菜，就像被哄着吃了一口药。杜风面临的现实很残酷，体育科目难达标，几乎都是不及格，最好的成绩是：一般。上体育课时，杜风瞪着那些跑得飞快的同学，心里边就有疯狂的念头冒出来：他自己变成一头豹子，飞一样追上他们，然后扑倒他们，站在他们身上仰天长啸。

杜风一回到家，就看一会儿《动物世界》。屏幕上出现了北极熊、大熊猫、海狮，他就多看一会儿。如果野马、狐狸、美洲豹出来了，他就会马上关闭电视，不然他心情不好。

妈妈见他汗流浃背地回来，知道今天上体育课了，就忍不住给他做肉吃。但是，一见儿子狼吞虎咽的模样，妈妈心里就矛盾，就爱恨交加。妈妈常独自一人在厨房里自语："不能不给他肉吃呀！"

挽救杜风体重的行动必须开始，要马上开始。中国没有相扑运动，小胖子大胖子全没出路。再说，中国人干吗为日本输出相扑后备力量呀！

爸爸买回一个体重秤，让杜风每天早晚各称一次，妈妈在旁边用笔和纸记下数据，一切进入科学化管理。人都能飞奔到月球上去，不信减不掉一身多余的肉！

妈妈给杜风精心准备的午餐，可谓用心良苦，说是牛肉包子,狠咬三大口,还不知丁点儿肉星子躲在哪儿。越是这样,杜风越是吃肉心切。再吃这类食物,他就有了经验,先剥掉皮,直取那块玻璃球般大的可怜的肉。吃完肉,他就两眼仇恨地瞪着包子皮,能瞪上半节课光景。

他回到家破着嗓子喊:"我要吃肉!"

爸妈下了狠心,把零钱藏好,让杜风断了买零食的后路。这招绝,绝到家了。

班里的男生刘月,没有他没吃过的东西,专拣好的吃,可他长得还跟难民一样。刘月吃午餐能把杜风活活气死,他吐出的骨头上的肉,都比杜风包子里的肉多。杜风忍了好几天,终于忍受不了了,冲着刘月大叫:"别让我看见你吃饭,求求你了!"刘月说:"我在哪里吃饭从没人管,你凭什么管?凭你肥?"

王芳说:"刘月,不许你欺负人!"

刘月恼了:"我怎么欺负人了?"

王芳说:"这还用问?你欺负杜风没肉吃!"

这么一说,刘月还真认为自己欺负人了,把饭盒端到走廊上吃去了。他啃完了鸡大腿走进教室,看见杜风饭盒里堆积了各种各样的肉。他知道大家在同情杜风,在可怜杜风,把肉匀给了他。

有一天吃午饭时,李老师不在,教室里出现了一个陌生女人。她站在讲台上,说:"同学们,我是杜风的妈妈,我郑重地请求你们,不要再给杜风吃肉了!他不能再大量吃肉了,你们的同情心会把我儿子的未来彻底毁了!你们可以把肉吃到自己的肚子里,吃不了可以带回家,但是,千千万万别把肉塞到我儿子的肚子里。只要你们不给他肉吃,我会永远感谢你们的!"

杜风的妈妈一消失,男生女生望着杜风,都在心里摇头:惨了!

杜风说:"别听我妈的!"

王芳说:"你妈太厉害了!我们帮不了你了!"

杜风说:"我只有靠自己了!"

在家里,他又面对一桌"绿草",可怜兮兮地说:"我吃的是草,流的是泪。"

爸爸和妈妈根本不接他的话茬儿,知道他会顺着杆朝上爬。

他突然换了一种抗议的口气:"你们明白吗?我吃这些东西,是在浪费时间!它们在应付我的胃。我的胃快罢工了！不，已经罢工了！"

爸爸冷冰冰地说："我希望你绝食。"

杜风再找不出半句话。

那一天，杜风看见爸爸用废报纸在卷什么东西，他好奇地问："爸，卷什么呢？"爸爸说："卷根大棒子。"

很快，大纸棒卷成了。爸爸用它敲了一下杜风的脑袋："儿子，我现在用它锻炼一下你的反应能力！"

杜风有点明白了："你打我，我闪躲！"爸爸童心未泯呀。

爸爸每一纸棒都准确地敲在杜风的脑袋上。爸爸停了手，不停地摇头，问："你不知道躲吗？你怎么像个稻草人？"杜风不罢休，让爸爸继续。

爸爸有了新提议："你可以用它击打我，击打十次，中六回，算及格。只中三回，对不起，三天没肉吃！"

杜风听说能为肉奋斗，立时来了好心情，夺过纸棒子就打。不幸的是，尽管他努力了，却不能有效击中爸爸。他一边挥着纸棒子，一边说："我要吃肉！我要吃肉！"可是徒劳无功。爸爸说："你离肉越来越远了！"

最后，杜风撞倒了书架，也没击中爸爸的脑袋。他绝望地朝自己头上敲了一下，倒在地上，喘着气说："我要吃肉！"

他听见爸爸用教练的嗓门儿喊叫："站起来。"

他说："不！"

爸爸说："对不起，你一个星期没肉吃了！"

杜风也喊起来："你把我当成猪抬出去算了！"

爸爸的话能气死他："你要是头活猪，就得自己抬腿走出去！"

冬季：胡思乱想

站在窗前的女生今天想做件事。

树上的叶子没落净，路上的叶子来不及清除，雪就铺天盖地了。中午时分，是城市最暖的时刻，被汽车碾过的街道中央上的雪融了。下午三点钟以后，路上又结了冰。所有的汽车像患了重感冒，走走停停，让人感觉时间凝固了，未来的日子全被冻死了。

女生杨柳的心情一点都不好，寒假过了五天了，只有王芳打来一个电话，告诉她，别忘记返校的日子。杨柳忙问："这几天你怎么过的？"王芳回答："别提了，忙死我了！以后再说吧！"王芳挂了电话。

　　杨柳就一个人待在家里生气，都忙什么？我为什么不忙啊？原来，人闲下来是很难过的。她马上抓起电话找王芳，想问她到底在干什么。电话打过去，是王芳爷爷接的，告诉杨柳，王芳又忙去了！

　　杨柳的家在三楼，有一扇临街的窗。她嗑着瓜子，还可以静观窗外的风景。风景是不动的，就像一幅旧画，永远换不掉的画。

　　窗外的街上又堵车了。杨柳决定躺一会儿，但无论如何也没有困意。其实，她离开床铺还没有两个小时。她返回窗前。街上的交通还是堵。这时，她觉得自己的鼻孔也堵塞了，头有点晕。所以，她打开了通气窗。冷气一涌进来，她感到浑身一爽。不动的车龙，像冻僵的蟒，卧在杨柳的眼皮底下。说不出为什么，她倒了一杯凉水从通气窗泼出去了，然后把脸贴在玻璃上朝外看。她想看结果，她刚刚制造的结果。

　　结果是，冻僵的蟒竟然蠕动了一下身子，朝前缓缓爬行了。杨柳如法炮制，又朝外泼了一杯凉水。这回，她看见车蟒开始飞快地游走了。

她听见有人敲门,觉得那声音很奇特。不知为什么,开门前的十几秒钟,她异乎寻常地激动起来。走向房门时,双腿愉快地飘起来。打开门,她看见了一个从没见过的女生,一个只在电视和杂志上才能见到的漂亮女孩。

"你是谁?"

漂亮女生说:"我就住在你家楼上!"

杨柳很惊奇:"我从没见过你。"

漂亮女生说:"我可见过你。"

杨柳很激动:"你快进来。"

漂亮女生端坐在沙发上的姿态很迷人。杨柳把自己所有的珍藏都拿出来了:在幼儿园就保存的香橡皮,帅哥的图片,还有一堆零食。漂亮女生就像是杨柳久违了的朋友,在想念她时,想诉说心里的苦闷时,她从天而降。杨柳从没问过她叫什么,她也没问过杨柳。

漂亮女生说:"我有你很小时候的照片!"

杨柳感动地说:"我想,我也能找到你小时候的照片!"

漂亮女生说:"我知道你能找到的。"

杨柳突然小心翼翼地询问:"我可以问你一个问题

吗？"

"我正等着呢。"

"你做梦吗？"

"当然。你需要时，它就悄悄来找你了！"

"你做过什么样的梦？"

漂亮女生很神秘地笑了，她问："想听吗？"

"当然当然。"

"有一天，我变成了一口唾液……"

"你变成了唾液？"

"不奇怪。我成了唾液后，很苦恼，因为我不知道自己该落在什么地方。掉落在土上，我要挣扎着活下去，因为可能永远找不到自己了。遗落在冰上，我会失去生命。结果……"

"结果怎么样了？"

"这时候，我醒了！"漂亮女生笑得很开心，继续说下去，"我该庆幸自己醒过来了。还有一次，我去一家梦幻游泳馆游泳，忘带泳衣了，我想打一个磁卡电话给妈妈，让她给我送泳衣来。可是，我发现手里的磁卡比插卡口大，无论如何也插不进去。我就用剪子把磁卡剪掉一圈,再一插,它又小了,被插卡口吃进去了。我一急,伸手去掏,手被插卡口咬住了,很痛,真的很痛。我一使劲儿,拽出来了,手没了。"她说到这儿,用那漂亮的手指着杨柳,"该轮到你说了。"

杨柳羞涩地说:"我说出来,你不许笑!"

漂亮女生用盈盈的目光望着她:"说吧!"杨柳的心里开始还涩涩的,被什么堵着,不一会儿就变得畅快了:"我是突然长大的,而且要马上结婚。我惊讶得不得了。你别笑!糟糕的是,妈妈千挑万选给我挑了个女的。结婚典礼开始了,我向妈妈提出最后的恳求,我不要这个女的,要她身后的伴郎。可我被妈妈拒绝了。我打算醒来,可无论如何也醒不过来。有人叫:'夫妻对拜!'天!我大叫一声,醒过来了!我不知道自己刚才是男的还是女的。"

漂亮女生忍不住笑了:"这是我听到的最好的梦了!"

从那天之后,杨柳再没见到漂亮女孩,她在家里静静地等待了许多日子。她渴望着敲门声。

有一天,她跟同学们说起这个漂亮女孩,同学们都说好神秘,她们强烈要求杨柳领着大家去寻访漂亮女孩。

杨柳说："说实话，我讲了一个梦中说梦的故事，很过瘾的！"

几个女生馋巴巴地望着杨柳，追问道："你们还说过什么梦？"

杨柳回答："我不想说了。"

在开学的某一天，李老师把杨柳叫到办公室，严肃地批评她："你都跟同学们讲了什么？"

我讲什么了？杨柳心里又开始发涩不畅了。

"一个五年级的女学生，大谈特谈男人女人的事，还想结婚，过分了吧？"

杨柳心里就涌出许多许多的委屈。不过，她在一个宁静的下午，却把这些委屈和伤心变成了一篇美丽的文字：《漂亮女孩》。

春季：胡作非为

男生马达是个令人讨厌的家伙。女生说他的嘴巴不干净，专门欺负女生。男生说得就有意思了，说他爱哭，一旦哭起来，脸上的鼻涕和眼泪分不清。

马达的书桌里,除了脏兮兮的书和作业本,就是一堆擦鼻涕纸。李老师如果叫他把作文本找出来,他保准先捧出擦鼻涕纸,再捧出一些擦鼻涕纸,才能找到作文本。还有,马达引发了世界上最肮脏的战争,使他轻易成为五年级臭名昭著的人物。事情很简单,他借女生陈笑的作文本看,因为陈笑的作文是班里最好的。出于多种原因,陈笑不借。主要是第一,她担心作文本会给弄脏;第二,她每次在班里朗读作文,就听见马达在下面擤鼻涕,弄出的声音很响,大大败坏了她的朗读情绪。

马达面对女生总是很神气:"你借还是不借?"

陈笑说:"我的东西,我想借就借。告诉你,我不借!"

作文本就摆在陈笑的书桌上。马达就像一条被饿了三天的狼,扑了过去,照着陈笑的作文本吐了一口唾沫。肮脏的战争从此开始。

几个女生立即成为陈笑的支持者,并出现了口号:"陈笑,别怕他!""陈笑,还击!"战争升级。

陈笑的眼睛红着,毅然投入战斗,朝马达那张讨厌的脸吐了一口。

马达变成了一只疯狂的狼,他没想到小小的绵羊也会张嘴咬他。以往,只有他张嘴咬绵羊,从未被绵羊咬。被羊咬的滋味真不好受。他马上朝陈笑身上喷射出密集的细菌弹。女生陈笑不畏强暴,坚决反击。绵羊的姿态令疯狂的狼更疯狂,他干脆施放了导弹——把肮脏的鼻涕甩在陈笑的衣服上。这一招忒损忒毒,他终于听到了盼望已久的哭声。他一听见羊在哭泣,马上发出狼的笑声。

狼在林间的脚印是孤独的,动物们远离了狼,狼失去了朋友。动物们却能听见远处狼的嗥叫。动物的妈妈们对孩子们说:"快回家,狼来了!"

马达的作文得了个"C"。马达不服,一点都不服。他认为李老师偏心,太偏心了,他无法容忍。但是,他又找不到攻击对方的破绽,就先把一口恶气咽到肚子里。

报仇雪恨的机会终于来了。李老师留下新的作文题《你最想做的事》。马达一看题目,哈哈乐了。他想,我要做的事太多了,恐怕一本作文簿都装不下。

马达回到家就说:"爸!妈!你们谁也不要打搅我,我要好好写一篇作文!"

爸爸和妈妈的脸上堆满了笑容,他们走路时都放轻了脚步。马达主动认真地写作文，开天辟地头一回呀！马达在屋子里写，爸妈在屋子外边悄悄地忙。他们觉得屋里坐着的不是儿子，而是国家拼命保护的一级国宝。

马达写道："我最想发明一种喷雾器，很小，它可以藏在头发里。一到考试时，它就散发出一种肉眼看不见的气体。这气体也是我发明的。那些平时总考前几名的女生，一闻到这气体，脑袋瓜子就糊涂了，乱成一锅粥。有的人身体弱，免疫力差，闻到这气体就开始流口水，变成大傻子。"马达摇头晃脑地念了一遍，觉得很棒，继续写下去，"有几个男生对我威胁太大，我吓唬不了他们。我朝他们瞪眼，他们的眼瞪得比我还圆。他们冲我吼叫时，我的腿忍不住地抖，抖个不停。没办法，我只能从日本买一个机器猫回来。我让它给我变出四个保镖，四个力大无比的大块头。前边两个，后边两个，我走在中间。那几个男生再看见我，像小猫一样四散逃命。"马达又乐了一通。

那几天，是马达最兴奋的日子。他认为自己的作文想象力丰富，生动有趣，如果李老师有一双明亮的眼睛，应该打"A"。

天气真不错，能看见树条上抽芽了。作文本发下来了，马达一翻开，李老师的批语撞痛了他的眼睛：马达同学，这是作文吗？重写一遍！

他找到李老师问："老师，没搞错吧？"

"什么错了？"

马达指着作文批语。

"我写的批语错了？我再告诉你一遍，必须重写！"

于是，同学们看见马达坐在自己的座位上，撕扯作文纸，用它擦自己的鼻子。

林间的狼没有抓获食物，来到伤心的树下，舔舔受伤的爪子。

有一天，马达趁同学们拥出教室去做操的间隙，走到老师的讲台上，把老师的茶杯盖打开，想把一只虫子放进去。一瞬间，他改变了做法，虫子扔掉，然后拎起水壶，给茶杯加满了水。

他平静下来了，没有了刚才手抓虫子时的恐慌。这感觉挺不错。

上课时，李老师问："刚才，谁给我的茶杯里加水了？我心里很温暖。"

有人说了半句话:"刚才好像马达一个人在教室里……"

马达心里不由地激动起来。

几个女生说话了:"马达不可能做这种事。""这怎么可能?他没朝茶杯里扔虫子就不错了!"

这时候,大家就听见了马达的抽泣声。

狼真的伤心了。

侵略

陶宝宝能自己玩的时候，用方形巧克力围成了一个房子，不留门，对爸爸说："你进不来！"爸爸正在抽烟，就把冒烟的香烟头从房子的天空上，很轻松地直接放进儿子的围墙里。陶宝宝一愣，顺手抓起香烟，扔到窗帘上。侵略和反侵略的故事，从那时就已经开始了。

陶宝宝小时候不像现在这样对人冷淡。熟悉陶宝宝过去的邻居，还能想起陶宝宝有一个招人爱的童年。陶宝宝五岁之前，他的知名度仅次于柳门盛大爷。柳大爷的太极拳把这条街中年以上的男人和女人，从鸽笼一样的家中吸引出来。大家都穿着一身潇洒飘逸的白色练功服，填平和染白了半条街。

陶宝宝过去是"电热宝"，不是"冰疙瘩"。

五岁前的陶宝宝，只要有人看见他，对他喊一声："宝宝过来，亲亲。"陶宝宝就会跑过去，在那人的脸上亲上一口，有时，会把自己小嘴巴上的残奶留在对方的脸上。被陶宝宝亲过的人，幸福地笑着："宝宝太可爱了。"陶宝宝是从来不拒绝别人向自己索要亲吻的。就连楼下拉着两轮车收破烂的女人，有一次被动人的陶宝宝诱惑着，也忍不住对陶宝宝说："来，孩子，亲一个。"她站在旁边看了很长时间，看见陶宝宝亲完这个又亲那个，她实在忍不住了，如果能忍住，她也不会向陶宝宝提出这个要求的。陶宝宝没在意妈妈的脸色，他按照惯例，朝收破烂的女人跑了过去。在陶宝宝妈妈还没来得及阻止时，陶宝宝已经扑到那个女人怀里了，并在那个女人晒得黑黑的脸上亲了一口。陶宝宝的妈妈心里很不舒服，她的口气中已经有了不满："宝宝，过来。"陶宝宝和妈妈都没看见，那个收破烂的女人拉着车，含着泪走了。这件生活中的极小的插曲，导致这个收破烂的孤独女人收养了一个孤儿。陶宝宝不会知道这件事，陶宝宝所在的居民区里的人也不可能知道这件事情。

陶宝宝五岁半时，妈妈和爸爸在一天早上为儿子做了一个重大决定，让儿子陶宝宝弹钢琴。大钢琴搬进家门的时候,陶宝宝说:"这么大的沙发啊?"妈妈告诉他:"宝宝,这是钢琴。"陶宝宝点着头说:"哦,是钢琴沙发!"爸爸对儿子说出的话着急:"儿子,去掉沙发,就是钢琴。"

陶宝宝又"哦"了一声:"它是睡觉用的。"

妈妈要多出点钱请市里最好的钢琴老师。名师效益很重要,这一点谁都清楚。爸爸说,再多出点钱,请全省最好的钢琴老师。在教钢琴的老师行列里,只有几位是最好的。他们的名字被铭刻在那些望子成龙的家长心里。陶宝宝的爸爸妈妈还真把最好的钢琴老师请到家里了。什么是最好的老师?除了教钢琴的专业,钢琴老师还要被家长默许一个至高无上的权力,她可以骂学生,也可以用肢体语言协助孩子好好学。据说,这种办法对不满八岁的孩子有奇效。目的只有一个,让孩子尽快出人头地。

陶宝宝的钢琴老师姓吴,叫吴力克,是一个四十九岁的女人。陶宝宝的妈妈听人家说,吴老师在四五年前就到了四十九岁了。吴老师第一次进陶宝宝家认学生时,五岁半的陶宝宝以为吴老师是卖衣服的。因为吴老师的身上穿着五六件色彩鲜艳的服装。她坐在沙发上之前，像模特一样，一件件除掉身上的衣服。除了她身上的衣服误导了陶宝宝，她身上的香水味，还让陶宝宝打了几个大喷嚏。

吴老师看了看陶宝宝，见他的鼻子里流出了白色鼻涕，对陶宝宝的爸爸和妈妈说："孩子的身体很弱啊。要加强营养，弹钢琴，是需要好身体的。"

陶宝宝的妈妈闻到吴老师身上的香水味，也打了一个喷嚏。

吴老师又看了一眼陶宝宝的妈妈："家长伤风感冒了，可别传染给孩子。要注意啊。"就在这个时候，陶宝宝把吴老师脱在沙发上散发着浓烈香水味道的衣服推到了地上。五岁半的男孩子承受不了四十九岁女人身上的香水味道，他讨厌这种气味。

陶宝宝的妈妈抱歉地弯腰去捡地上的衣服，却听见吴老师的一声喊叫："别捡！"因为声音很大，陶宝宝和爸爸妈妈三口人都看着吴老师。

吴老师指着陶宝宝说："去把衣服捡起来放在它原来的地方。"她已经开始履行自己的教师职责了。

陶宝宝认为那堆难闻的衣服就该扔到地上。所以，他不动。

陶宝宝的妈妈第二次弯腰去捡吴老师的衣服，再次被吴老师制止了："别动！"然后，吴老师指着自己的衣服，对陶宝宝说："捡起来，放到它原来的地方。"

陶宝宝生气了，真的很生气，他觉得这个吴老师很不讲理，这么难闻的东西，却偏偏要求他亲自捡起来放到沙发上。陶宝宝一跳，两只脚就蹦到了那一堆衣服上，开始在衣服上乱蹦了。

陶宝宝的爸爸眼疾手快，一把将儿子陶宝宝拽到一边，大声说他不懂事，太淘了！但是，爸爸说完儿子陶宝宝后，心里有一种不祥的预感。他觉得儿子陶宝宝已经开始了他叛逆的生活。这叛逆的性格也来得太早了点。人生就是这样，当一个人还不懂叛逆这个概念的时候，他已经在叛逆的路上驰骋了。

周三的下午两点和周日的上午九点，是吴老师给陶宝宝上钢琴课的时间。每当迫近这个时间，陶宝宝就开始烦躁不安。妈妈或是爸爸总要说一句："儿子，准备一下，吴老师要来给你上课了。"

每当门铃声一响,陶宝宝就要在自己的屋里紧紧地闭一下眼睛。吴老师站在陶宝宝身后,指挥着陶宝宝弹琴,妈妈就会静静地守候在另一间屋里,倾听着陶宝宝屋里的钢琴声。在陶宝宝的屋子里,除了吴老师训斥的声音,她身上的香水味也很霸道地肆意攻击陶宝宝的鼻孔。

陶宝宝故意弹错音阶。吴老师教他几遍,陶宝宝就弹错几遍。吴老师站在陶宝宝身后,拍了一下他的后脑勺子。陶宝宝不弹了,回头盯着吴老师那张愤怒的脸。吴老师又抬手拍了一下陶宝宝的后脑勺子,这一下比上一下要狠,让陶宝宝的浑身都震动了。

那天的结局,也是陶宝宝学钢琴生涯的彻底结束。当陶宝宝妈妈给吴老师端来一杯茶水时,陶宝宝把吴老师的一件散发着浓烈香水味的花衣服,偷偷拿到卫生间,塞进抽水马桶里,想要放水冲下去。但是,冲不下去,还把抽水马桶堵塞了。水流到客厅,把爸爸的拖鞋冲得漂起来,这才被吴老师和陶宝宝的妈妈发现了。吴老师看见自己的衣服被陶宝宝的妈妈从抽水马桶里捞出来,她的脸都气白了。陶宝宝的妈妈为了给吴老师一个说法,照着儿子的头拍了一掌。这一掌落下的地方,跟吴老师拍的是同一个地方,让五岁半的陶宝宝浑身颤抖了一下。

从那时开始,陶宝宝只要听见钢琴声,他的两条腿就不由自主地抖啊抖,裤腿就湿了,原来是小便失禁。这把爸爸和妈妈吓坏了,连忙把新钢琴折价卖掉了。

陶宝宝七岁上的一年级,一年级有音乐课,音乐课上教音乐的老师把陶宝宝他们领到了有钢琴的地方。陶宝宝已经有一年半都没看见混蛋钢琴了,他差不多成功地遗忘了世界上还有钢琴这种混账东西。

当陶宝宝听见音乐老师弹出的第一段曲子时,他就尿裤子了。陶宝宝在九岁时被确诊为"钢琴恐惧症"。当时,心理门诊的侯医生写下这几个字时,陶宝宝的爸爸和妈妈都不信,就问别的医生,这个侯医生的资历怎么样?他不是在诊断书上瞎写吧?人还有得"钢琴恐惧症"的?听都没听说过啊。人家就告诉陶宝宝的爸爸和妈妈,说这个侯医生在国外读的是医学博士,是世界名牌医学院的博士。陶宝宝的爸爸和妈妈这才虔诚地再次坐在侯医生面前,要仔细讨教一些关于儿子陶宝宝的问题了。侯医生十分焦虑地告诉他们:"钢琴曲是能够给人带来美感的，它的魅力让多少人折服？钢琴曲能够改变人的经典故事也有很多，我说的是朝好的方向改变。但是，像陶宝宝这样的孩子朝相反的方向改变的心理病患者，我很少见，几乎没见到过。我在想，我的导师也许都没碰到过这种罕见的病例。我一直困惑着，想找到陶宝宝患上这种病的元凶。"

"我的儿子怎么能得上这种怪病？他一直都挺好的。"陶宝宝的妈妈感叹着。她想不通。陶宝宝的爸爸站在医院卫生间里，一根烟接着一根烟地狠抽，也想不通。

侯博士给陶宝宝的爸爸和妈妈提出了一个建议，不要让陶宝宝看见钢琴，最好是不再上音乐课了。

陶宝宝的妈妈一走出侯博士的门，眼泪就流了出来："我们本来是想让陶宝宝在钢琴方面有些发展的，现在连儿子的音乐课也剥夺了。"陶宝宝的爸爸跟在她身后，责问道："当初，是谁提出让儿子学钢琴的？""你说是谁？""当然是你先出的主意了。""我出的主意怎么了？我是为儿子好！""现在儿子好了，一听见钢琴声就尿裤子，多好啊？"陶宝宝爸爸的这句风凉话，让陶宝宝的妈妈坐在地上哭起来。

当这个伤心的女人从地上站起来后，她用面巾纸擦干眼泪，对着小镜子粉饰了一下脸，让面部重新焕发了光彩。她对陶宝宝的爸爸说："我的儿子必须是个人物，我不能让自己的儿子成为一个平庸的人。"陶宝宝的爸爸担忧地说："你如果对陶宝宝有什么计划的话，最好把你的计划跟我说一下，咱们好好商量一下。"

陶宝宝的妈妈武断地说："你只管好好挣钱吧，孩子的教育，由我负责！"

教科书中写道：一个国家要侵略别的国家，它不需要理由。就是找到理由，也是假的。它只要具备两个实施条件：第一，侵略计划；第二，足够的战争国力。

可惜的是，陶宝宝的爸爸和妈妈是在很多年很多年后才看到这段话的。而且，他们没有联想到儿子陶宝宝的经历。

陶宝宝十三岁时，变得很内向，几乎不说话。妈妈又让他学画画，学了两个月后，教陶宝宝画画的老师发现了陶宝宝是色盲。陶宝宝的妈妈就想让儿子在奥数上发展，但是，陶宝宝对数字天生迟钝，一看见数学计算，就像遮着眼睛走进了迷宫,走到七十岁也走不出来。

这期间,陶宝宝认识了一个跟他同班的朋友。他叫盖锋。像陶宝宝这种性格的人,同样不可能有朋友的。那天有一节体育课,上的是室外滑冰课。陶宝宝对体育一窍不通,他看见光滑如镜的冰面,他的胯骨以下的部位都是软软的,比拉面硬不了多少。体育老师是个最看不上运动起来四肢不协调的人了,他有一个比喻,说那些"不会"运动的人,应该拜北极熊为师,到了冬天蹲在树洞里,靠舔食自己的脚掌度日。

陶宝宝已经蹲在地上了。全班同学都站着,只有陶宝宝一个人蹲着,很显眼。体育老师认识陶宝宝。对体育好的学生,他不一定记得全,但对体育不好的学生,他反而记得很清楚:"陶宝宝,怎么就你一个人蹲下了?"

陶宝宝还蹲着,身体摇了几摇,还没站起来。站在陶宝宝身边的盖锋伸手拉了他一下,陶宝宝这才站起身来。盖锋不解地问他:"你蹲下干什么?"

陶宝宝说:"腿软,站不住了。"

盖锋说:"还没穿冰刀鞋呢,腿就软了?"

陶宝宝说:"我看见冰场腿就软了。"

盖锋是天生就有体育天赋的学生。脚上一穿冰刀，就在冰上滑起来。陶宝宝坐在地上，冰刀放在面前，眼睛盯着同学盖锋绕着冰场很熟练地滑着。正看得发呆，体育老师走过来，用脚踢了踢他的屁股："穿上冰刀鞋，立即上冰！你就是想坐着，也到冰上坐着去！"

陶宝宝被迫穿上冰刀鞋，像个不会走路的孩子，歪歪扭扭磨蹭到冰面上。他想站在冰面上，两只手就张开着，前仰后合地晃着，想在空气中抓住一点实在的东西。就在陶宝宝想站稳身体时，一个男生滑得飞快，把陶宝宝撞倒了。只听见"啊呀"一声，他的脸就直直地对着冬日的天空了。

"陶宝宝！别在冰场上躺着，这儿不是睡觉的床！"体育老师让陶宝宝快点站起来。陶宝宝佝偻着身体，勉强站起来，两只手还是大大地张开着，渴望在空气中抓住一点实在的东西。从陶宝宝身边疾驰滑过的同学，没有碰到他，只是带来的风，又把他吹倒了。

陶宝宝不想站起来了。他知道再站起来，还会倒下去的。体育老师命令陶宝宝站起来，他说，他只能看见冰场上都是竖立着的人，不能容忍冰场上有横躺着的人。

陶宝宝站不起来，就朝冰场外面爬，他的样子很难看，也十分的滑稽可笑。因为他把冰场上的跑道堵塞了，滑冰的同学被陶宝宝绊倒了，结果，很多人都撞在一起，扎成了人堆。陶宝宝自然就被压在了人堆的最下面，等大家都起来后，再看陶宝宝，他脸上没有了血色，只有两行眼泪。盖锋滑过来，把陶宝宝扶起来，让陶宝宝抓住自己的两只手，一点点朝前移动。那时，陶宝宝听见盖锋说："把脸抬起来，不要看脚下的冰刀，看前面。"陶宝宝听话地看着前面，他看见的是盖锋热气腾腾的头和热情洋溢的眼睛。

　　盖锋成了陶宝宝的朋友。

　　盖锋是市里体校培养的速滑苗子。他除了上午跟陶宝宝在学校上课外，下午时间几乎都是在体校的冰场上度过的。陶宝宝的视线中没了盖锋，他就焦躁不安起来。他焦躁的行为表现是把32开的纸越撕越小，几乎撕成了纸沫儿。再撕不了时，就从本上扯下一张新的，从头撕。

　　陶宝宝非常想见盖锋的时候，他就逃课去体校的冰上训练场，站在铁栅栏外看着盖锋滑冰。盖锋看见了陶宝宝，知道陶宝宝是来找自己的，他就朝陶宝宝喊："天冷,你回去吧。我还要训练两个小时呢!"

陶宝宝听了盖锋的话,不觉得冷了。盖锋见陶宝宝还站在铁栅栏外面傻等,就滑过来,把自己的手套从铁栅栏上面扔了过去:"你连手套都不戴,不想要自己的手指头了?戴上我的!"陶宝宝戴上盖锋的手套之后,感到天气更不冷了。

陶宝宝的爸爸和妈妈知道儿子经常跟一个"体育棒子"鬼混,就急了。体育苗子被蔑视体育的人称为体育棒子。体育棒子学习好的寥寥无几,这谁都知道。陶宝宝的爸爸和妈妈希望儿子将来考大学,而不是只会欣赏体育比赛的傻瓜。

陶宝宝的爸爸和妈妈在饭桌上明确命令儿子,不许他再跟盖锋来往,跟这样的体育棒子玩,哪里会有好啊?

那天晚上,陶宝宝把屋里的窗帘扯碎了。他在反抗。爸爸和妈妈看见了扯碎的窗帘,也看见了儿子陶宝宝的反抗。但是,他们不会改变自己的想法。

盖锋在这个学期的冬天,几乎天天下午在训练。陶宝宝一到下午,两条腿就不由自主地朝体校冰上训练场跑。他刚跑到学校大门口,看见爸爸站在那里。其实,爸爸已经等他一个多钟头了。爸爸瞪着陶宝宝说："回去上自习课。"陶宝宝只能回到教室里了。第二天的下午，陶宝宝又在学校门口看见了爸爸，被堵截回来。第三天，陶宝宝没看见爸爸，心里很高兴，但是，他一转过学校围墙，就看见妈妈站在那里堵截他。陶宝宝这才意识到问题的严重性了，爸爸和妈妈为了断绝自己和盖锋的关系，他们轮流值班堵截他。

每到这个时刻，中国的爸爸和妈妈们都孤注一掷地使用最后一个方法：转学。陶宝宝的爸爸和妈妈是那种社会关系很多的人，他们很轻松地就能做到这一点。他们把陶宝宝转到了一家条件很好离市区较远的学校。陶宝宝的爸爸和妈妈同样很轻松找到一家送子公司，第二天，一辆送子车就开到了陶宝宝家的楼下，耐心地等候陶宝宝了。

陶宝宝在十三岁零八个月的时候，他患了严重的失眠症。他根本无法自己入睡。在夜里，一个失眠的男孩子瞪着大眼睛，会干出很多让人想不到的事来。爸爸和妈妈为了帮助儿子获得充足的睡眠，他们用了很多的办法。但所有的办法都尝试过了，还是不行，陶宝宝过上了黑白颠倒的日子。

有一天，陶宝宝跟着同学们参观了一个展览，是关于第二次世界大战的。里边介绍说，在第二次世界大战中，被侵略的国家都挖有深深的地下通道，在那里可以有效躲避侵略军的轰炸机丢下的重型炸弹。

墙壁上有一幅图片吸引了陶宝宝。画面上是一群躲避轰炸的妇女和孩子拥挤在一处地下防空洞里面，近景是一个女人正在给自己的婴儿喂奶。婴儿和女人的表情都是安详和幸福的。

陶宝宝很羡慕地注视着幸福的女人和婴儿。

第二天的早上，陶宝宝上学走后，爸爸和妈妈走进儿子的房间，发现儿子陶宝宝的床上，很奇怪地用毛毯和被子枕头搭成了一个洞穴。陶宝宝的爸爸和妈妈好奇地伸头朝洞里看了一眼，判断出儿子陶宝宝昨天是在洞里睡着的。

陶宝宝的爸爸和妈妈又犯了一个大错误，他们以为儿子没长大，在玩幼儿的游戏。他们擅自把儿子床上的"洞穴"拆掉，恢复了干净模样。

陶宝宝回来后，一看床上的洞没有了，大叫了一声。

陶宝宝没吃晚饭，流着泪再次把自己床上的"洞穴"搭好。然后，他脸上还挂着泪，钻进了洞中，并很快睡着了。

陶宝宝的爸爸怀疑儿子的智商只有三岁。妈妈绝望地说："不能啊？"

他们再次找到了心理医生侯博士。侯医生听了陶宝宝最近的表现之后，眼睛突然间就红了："其实，我一直觉得陶宝宝的经历跟我童年时期的经历很像，我只是不敢肯定而已。你们一直强迫陶宝宝做他不喜欢的事情。他只有一件自己十分喜欢的事，那就是想保持与同学盖锋的友情。你们做爸爸和妈妈的，却疯狂地阻止了他。你们和更多的人一样侵略了孩子的成长期。这是侵略！这是非常非常残酷的！对于一个孩子来说，你们的占领期太长了，你们……懂吗？"

这一次，发抖的是陶宝宝的爸爸和妈妈。他们越听侯医生自己的童年经历，就越发抖。他们为自己做过的事感到不安，他们因自己的行为所造成的恶果而恐惧。

冬天快要结束了，见到阳光的地方，冰雪已开始融化。街面上细细的水流正寻找着同样的融水，汇成一处，感染和消融着坚冰，让它们忘记寒冬，奔向温暖。受伤很重的陶宝宝，还没脱离自己搭建的"洞穴"生活。他蜷缩在洞中，正从漫长的伤痛中渐渐康复，变成一个身心正常的孩子。

伤心草坡巷病院

一个没有大人的世界。嘿嘿嘿,没有一个孩子不曾动过这个心思。有的孩子在懊恼的时候,这个念头会像雨中的闪电一样划过,然后,消失在雨过天晴的彩虹后面。但是,有很多的孩子,真的走进了一个叫草坡巷的小镇。

那个叫草坡巷的小镇在我们要讲述的这群孩子出生之前就存在着。当一个叫草坡的老人知道这个跟自己重名的小镇时,他已经八十八岁了。但是,所有见到他的人都会执着地问他:"你有一百多岁了吗?"这个叫草坡的老人去了草坡巷小镇以后,就再没离开过它。草坡老人一直推着一辆小车,把街上的脏东西拾起来。草坡巷小镇的街上太干净了,草坡老人就坐在推车边上,跟所有经过他身边的人打招呼。

凡在草坡巷生活过的，你只要在那里生活过一天，都可以在一个叫花茶的悬楼里的花名册中找到自己的名字。花茶是它的名，悬楼是因为它是搭在四棵树上的房子，所以叫悬楼。实质上它就是草坡巷病院的档案馆。

草坡巷究竟来过多少人？谁也说不准。草坡巷病院到底治愈了多少孩子的病？没有人知道。因为治愈的孩子都带着崭新的梦在春天陆陆续续地走了，又有很多伤心的孩子在秋末冬初的季节来到这里。

草坡巷病院里的男女医生都是老人，他们什么时候从医的，没人知道。他们都有一个跟草坡巷相匹配的好听的名字：男医生叫木桥、雪路、井石，女医生的名字叫春树、灯彩、绿满。

所有入住草坡巷病院的伤心孩子，都直呼心理医生的名字。因为按年龄推算，孩子们应该叫他们祖奶奶、太爷爷。在草坡巷这个小镇，如果那么叫出来，肯定显得不亲近，显得平庸，显得空洞。但是，直呼那些名字，会让伤心孩子的心轻松起来，温暖起来。所以，在草坡巷小镇，孩子都可以直呼老人的名字。因为，老人也是孩子。

一个叫陆强强的男孩子,十三岁,体重一百四十九斤。他永远在刚刚吃完了饭之后,就大喊大叫:"我饿!"为了让儿子顺利减肥,他的妈妈在儿子的饭菜中使用了很多的替代品。在学校里,同学们都在跑八百米时,体育老师只能让陆强强在操场边上做蹲起动作。但是,他蹲了几下,就不想再动了,干脆蹲下就不起立了,那样子很像是上厕所。所以,一上体育课,同学们就对他喊道:"去一边拉稀去吧。"从那天以后,陆强强就患上了体育课恐惧症。早上一醒来,知道今天有体育课,他的两条腿就抬不起来,肚子会极度的饥饿,他会带着一种仇恨的情绪大吃特吃那顿早餐。

　　他是被人抬进草坡巷小镇病院的。为他治疗的第一步,是把他领到病院的厨房。病院的大厨师叫汉满。汉满大厨师剃着一个光光的头,跟案板上的菜刀一样亮。陆强强还不知道汉满大厨师在病院受病友欢迎的程度。

　　陆强强因为体虚,他走进厨房之前,腿还在哆嗦。当他看见汉满大厨师时,他不规则的心跳变得平稳起来。汉满大厨师今年有六十六岁了,他最大的特点是可以用两只手同时做两件事,而他的大脑却在想着跟两只手无关的事。

陆强强看见汉满大师的光头上顶着一大块面团，面前是一口烧沸了水的大锅，他的右手掌心里拿着一个削面的刀片儿，一片片的面被刀片儿削成雪花飘进锅里。而汉满大厨师的左手握着一把特大号的月牙形弯刀，剁案板上的猪肉很快就变成了肉泥。陆强强惊奇地发现，汉满大厨师在做这两件事时，他的两只圆圆的眼睛，一只冲着陆强强眨着，另一只调动脸上的肌肉做着鬼脸。

"汉满大爷……你，你……"陆强强看呆了，嘴就结巴了。

"叫我汉满，把大爷两字省略了。"

"汉满，你是什么时候来这里当大厨师的？"

"忘了。来到这里就高兴疯了，除了做饭，什么都忘了。"汉满给陆强强做了一大碗刀削面，放在陆强强面前，"吃完了再聊天。"

陆强强看见眼前的大碗，又吃惊地瞪着眼睛问："我一直在减肥，可减不了。我来这里是想治病的，不是来长肉的。"

汉满从头到脚打量了一下陆强强："体重是多少

啊？"

"我入院资料上都写了，是一百四十九斤……"

"不像，应该是一百五十八斤。你就是不想对外人承认自己的体重已经超过一百五十斤了，对不对？"

"汉满，你连我的真实体重也能看出来？"

"还有一点也看出来了。"

"你还看出了什么？"

汉满笑着用手指点了点陆强强的鼻子说："你一直都在偷偷吃东西，从没有真正减过肥。长期以来，你的精神压力变成了一种仇恨，让你自己有了抵触情绪，父母越是让你少吃，你就越是多吃。在学校，老师和同学嘲笑你胖，你就是不想锻炼，赌气让自己变胖……"

陆强强本来是要坐下吃那碗面的，现在站起来，惊慌地问道："汉满，你是厨师吗？我觉得你是个神？"

"神？有我这样的神吗？我只是一个叫汉满的草坡巷病院的厨师。"汉满说着，从锅里捞出一个大肉丸子，放进陆强强的面碗里。

陆强强用长长的木筷子夹起那个大肉丸，看着汉满问道："这么大的肉丸，我吃了会胖的……"但是，陆强强只是习惯地问了一声,他大脑中的欲念早已经把它吞进胃中,分解到大肠和小肠里了。

汉满说:"你吃吧。我认为,一个想减肥的人,他的心里是真正想减肥的,才能把一身的肥肉减下去!"

"我真的吃了?"

"我没阻止你吃啊!"汉满说。

陆强强没再多想,一口就把那个大肉丸子塞进了嘴里。然后舔着嘴唇感叹:"我长这么大,还没吃过这么香的肉丸子。如果不吃面片,光吃肉丸子就好了!"

……

草坡巷小镇的病院来了一个女孩子,叫豆芽女。因为她长得比豆芽还小还瘦,像是豆芽的孩子,所以别人就叫她豆芽女。她在花茶悬楼档案中登记的名字是伍百嫱,这个名字好像跟现实中的豆芽女毫无关系。

豆芽女有典型的厌食症。她在四岁时,被一个芭蕾舞老师视为天才。从此,豆芽女的饮食成了全家人的头等大事。到豆芽女十二岁的时候,她已经患上了厌食症,她只要是闻到食物的味道,就恶心,听见别人咀嚼的声音,她就要发火,发很大的火。最后,她连发火的力气都没了,靠输营养液活着。她和家人都放弃了芭蕾。她来到草坡巷小镇的病院,试图唤醒自己冬眠的胃口。

豆芽女真的是一根豆芽啊,她走到任何一个地方,都要靠着,坐着,躺着。风来了,她就要抓住身边的人的胳膊,才能勉强朝前走。她最喜欢草坡巷小镇的草地了,小镇的四周都是草地。春天和夏天,绿油油的小草把小镇围住,像是小镇的一件宽大无边的绿裙子;秋天呢,草黄了,小镇就穿上了黄裙子;冬天,雪降落下来,小镇自然就会换上一条白裙子了。

此时的豆芽女独自一人躺在草坡巷小镇的绿裙子上。她的面孔朝着天空,她的耳边不断有匿名的虫鸣。当胖子陆强强走到豆芽女身边时,无力的豆芽女已经习惯性地在白天入梦了。

"你叫什么?"陆强强问闭着眼睛的豆芽女。

豆芽女睁开眼睛,觉得好大一堆肉影遮住了阳光。她没有兴趣地反问道:"你是谁?"

陆强强看着地上快掉进草丛中看不见的瘦小的豆芽女,突然给自己找了一个好名字:"我是大力士。"

豆芽女的嘴里哼了一声,又闭上眼睛:"你闪开一点,你把太阳挡住了。"陆强强刚要转身,就听见豆芽女惨叫了一声,"啊?!"

陆强强回头一看,在豆芽女的细细的脖子上,落着一只大蚂蚱。豆芽女长这么大从没离开过她生活过的城市,更不认识世界上还有叫蚂蚱的东西。陆强强比豆芽女早来草坡巷小镇几天,他听说过蚂蚱。他让豆芽女不要动。豆芽女紧张地伸开两只手,黑眼球朝下压,还是看不见脖子上伫立不动的蚂蚱。恐惧像根绳子一样,把她瘦小的身体越捆越紧,让她喘不上气来。

"这就是传说中的蚂蚱了。"陆强强伸出两根手指,把大蚂蚱抓住了。豆芽女惊魂未定地坐起身来,看着陆强强手上的乱蹬长腿的蚂蚱。

陆强强说:"它腿上的肉很多,肯定也很香啊。"

豆芽女一听,就开始反胃,嗓子眼里就朝外干呕。她什么也吐不出来,因为她的胃里几乎没有东西可吐。

见豆芽女的样子如此难受,陆强强把手里的大蚂蚱放掉了。他放弃了对美食的无限想象。那个有着一双天生就是跳高运动员长腿的蚂蚱,只在草丛中跳了一下,就停在一片草叶上不动了,并回头看着豆芽女和陆强强。

　　豆芽女的视线被大蚂蚱吸引住了，她对陆强强说："大力士，你的腿要像它一样就好了，肯定能跳很远，不是只会遮挡别人的阳光。"

　　陆强强不好意思地说："看在我救你的情分上，别说跟体育有关的事好吗？"

　　豆芽女点了一下头。陆强强说："到了吃饭时间了，我们该回去吃饭了。"豆芽女说："我从很早就没有吃饭的时间了。我要是在吃东西，爸爸和妈妈什么也不会做了，就围在我身边，看着我吃东西。我吃东西，就是爸妈的节日。"

　　"真羡慕你们家的生活啊！咱们俩正好相反。现在，我要是你，你要是我就好了。"陆强强说。

　　豆芽女突发奇想地跟陆强强说："你要是能背着我回去，我就吃半两米饭。"

　　陆强强吃力地蹲下身体说："来吧，谁让我是大力士呢！"

　　豆芽女像是生活在草丛中的一只青虫，慢慢爬上陆强强肉滚滚的背。陆强强坚持着把轻如青虫的豆芽女背到了草坡巷小镇的病院餐厅，放下她时，陆强强流出的汗把背心和短裤腰上的部位都浸透了。

豆芽女一点食欲都没有。汉满大厨师让豆芽女坐在陆强强的对面，看着陆强强如何吃东西。

汉满对豆芽女说："现在，我们的陆强强旺盛的胃口就是你的榜样。"说着，汉满俯身在陆强强耳边轻声说道："表演吃饭是你的专长，今天是你好好表现的时候了。"

豆芽女说："我听见汉满的话了。因为你背我回来，我就看着你吃完今天的午饭。"

陆强强从来没有想过，在这个世界上还有人能观赏自己吃东西。他不确定汉满的话是真是假，就看了一眼汉满，而汉满大厨师给了陆强强一个确定的眼神。

陆强强开始没有顾虑地吃起面前的食物。他的吃相在豆芽女看来，像是一只半年没有闻到腥味的饿豹。当陆强强很快把面前的食物吃干净时，受了感染的豆芽女抬起头对汉满说道："能给我半两米饭，一根煮青菜吗？"

汉满大厨师高兴地用手里的铲子敲了一下大锅："我们的豆芽女要吃饭了！"

陆强强擦着嘴,很兴奋。他找到了一种成就感。豆芽女的胃口像是一个行走在沙漠上而迷失方向的人,是陆强强旺盛的胃口,引领它找到出口。

当豆芽女像青虫嚼树叶一样,一点点吃着碗里的半两米饭和那根没有油星的青菜时,一个坐在角落中的男孩子冷笑道:"都是神经病!"

这个男孩子叫贺羽翔。他已经在草坡巷小镇的病院住了两个月,他早就对世界上的任何事情都丧失了兴趣,只会说一句话:"都是神经病!"

那天的早上,天上落下了小雨。豆芽女不能去小镇外面的草坡上晒太阳,就想起了陆强强。她想看看陆强强吃早餐时雄赳赳气昂昂的嘴大吃八方的样子。但是,已经过了早餐时间。她去了陆强强的房间,意外发现陆强强还没吃早餐,他一直睡在床上没有醒来。豆芽女看着陆强强的睡相就笑起来,陆强强仰面而睡,脖子朝天上伸着,嘴巴张着,像是天上有个做甜食的点心师会随时朝他嘴里扔刚刚出炉的新鲜馅饼。

"起床啦,大力士!"豆芽女用手捂住陆强强的鼻子。不一会儿,陆强强的嘴巴开始紧张急促起来,然后就憋醒了。他看见豆芽女站在床边上,就说起梦中的遭遇:"我梦见自己掉进镇西面的井里了,不会游泳,在水里喘不上气来,马上就快淹死了,突然看见你扔下一根绳子……"

豆芽女笑道:"梦都是反着的。其实,是我把你推进井里的。"

陆强强说:"我做梦都能梦见你。"

豆芽女说:"我早就不做梦了。因为,我没有力气做梦。"

陆强强问:"下雨天,我们能做什么?"

豆芽女说:"你该在雨中跑步。"

陆强强以为自己听错了,问道:"你说什么?"

"我说,你该在雨中跑步。"

"我最讨厌的就是跑步。"

豆芽女说:"昨天吓我一跳的蚂蚱,多可爱啊,它的大腿都是肌肉吧?你说,它能跳多远?它一跃起来,跳出去的距离能有自己身体的几十倍,上百倍吧?其实,我们人比自然界的动物差远了。"

陆强强说:"我跟蚂蚱不能比。不是,是蚂蚱不能跟我比。你别提跑步的事行不行？"

豆芽女转身就走。陆强强连忙问道："你不说话，怎么说走就走啊？"

豆芽女转过头问陆强强："你说，我是去看一个跳跃的蚂蚱有意思，还是看一个睡懒觉的假冒大力士有意思？"

陆强强低头找床下的鞋，然后穿上，跟着豆芽女走出房间。豆芽女没有雨伞，不穿雨衣，走进雨里。陆强强犹豫了片刻，跟着豆芽女走进了雨中。那个叫贺羽翔的男孩子正站在门口看天上的闪电，见豆芽女和陆强强光着头走进雨中，又说了一句："神经病啊？"

陆强强原来是跟在豆芽女身后的，可是，豆芽女走的速度越来越快，让胖胖的陆强强跟得很吃力。因为天上的雨比刚才大了一些，雨水浇到头上就顺着头发流到眼睛里，陆强强不停地用手擦掉快要流进眼睛里的雨水。

他追到豆芽女的前面，去看豆芽女时，发现豆芽女是闭着眼睛行走的，根本就不睁开眼睛。

"你刚才一直闭着眼睛走路吗？"

豆芽女听见陆强强的问话，依旧闭着眼睛："在草坡巷小镇走路的人，还必须睁着眼睛才能走路吗？"

陆强强听了豆芽女的话，若有所思，就跟着豆芽女朝前走，也闭上了眼睛。当陆强强在雨中撞在一个人身上时，他才睁开了眼。陆强强和豆芽女看见了一个赤裸着上身的叫木桥的老人。陆强强听说过这个草坡巷小镇的奇人，他一年四季都赤裸着上身，晒太阳，淋雨，迎着风吹，顶着雪站立。木桥是草坡巷小镇上的一座有生命的雕塑。

老人看见陆强强和豆芽女后，自我介绍说："我叫木桥。"

陆强强说："我是大力士陆强强。"

豆芽女说："我是伍百嫱。别人都叫我豆芽女。"

木桥老人朝天张着嘴说："草坡巷小镇上空的雨真甜啊。"

豆芽女跟木桥告别时，胆怯地提了一个要求："木桥，我能摸一下你的背吗？"

"你要干吗？"陆强强对豆芽女的话很不理解。

木桥笑着说："可以啊！当然可以了。别有顾虑，就当我是草坡巷小镇上的一座木桥吧。"

豆芽女在雨中伸出小手,在木桥的背上摸了一下。她觉得木桥的肉身跟真正的木头一样硬,没有区别。

一瞬间,豆芽女有了一种感觉,在草坡巷小镇,草木是人,人就是草木。当陆强强跟在豆芽女身后雨中漫步时,他一步三回头,看木桥在雨中赤裸的背,让陆强强觉得木桥老人本来就是一座雨中的桥。

草坡巷小镇上的雨停了,豆芽女和陆强强浑身上下都湿透了。豆芽女听见陆强强说:"从明天起,我要跑步了。"

"真的吗?"豆芽女问。

"我可不想跟你表决心。"

豆芽女说:"看来,你不像是开玩笑了。"

果然,在第二天的早上,草坡巷小镇上的人都看见一个胖胖的男孩子在跑步。当陆强强跑步回到病院门口时,看见坐在树下的贺羽翔正抽着烟,歪着头看着陆强强乐。贺羽翔朝陆强强喊道:"神经病,你这么跑是没有用的,告诉你一个好办法吧!"

陆强强站住了,想听贺羽翔的好办法是什么。

贺羽翔扔掉烟头,把手比成一把尖刀:"简便有效的办法就是直接用刀割肉,别心疼,大胆地割,割下五十斤左右,你就是世界上的顶级帅哥了。"

陆强强指着地上的烟头说:"别扔在地上,这样会麻烦草坡来打扫的。"

贺羽翔脸上露出一种"坏人"的神色:"草坡就是打扫小镇卫生的。捡烟头拾垃圾是草坡的理想,我不能让草坡没有理想啊?"

陆强强生气了:"草坡的理想是清扫小镇的垃圾,你的理想是什么?你现在连个理想都没有,还看不上别人。"

贺羽翔一听陆强强问他的理想是什么,一下子愤怒起来:"你说什么?我的理想?我有什么理想你管得着吗?我的理想就是抽烟,就是制造垃圾,你管得了吗?"

听见贺羽翔的吵闹,负责看护他的老人雪路闻声走出来:"是谁说我们的贺羽翔没有理想的?"

陆强强愣了。他看见雪路走到贺羽翔面前,伸出一只手,抚摸着贺羽翔的头说:"你们只是看见了他偷偷地抽烟,没有看见过我们的贺羽翔身上另外的故事。告诉你陆强强,我们的贺羽翔过去的理想太多了,多得你都想不到,也不敢想。他学过滑冰,拿过儿童组的第三名;他学过钢琴,考过钢琴十级;他还学过画画,参加过全国儿童美展。我们的贺羽翔的理想太多了,他是太累了,所以才到我们草坡巷小镇来休养的。是不是,我们的贺羽翔?"

雪路的一番话,不仅让陆强强吃惊,还让贺羽翔流下了委屈的泪水。

陆强强在第二天找到了雪路,说有一个问题想不明白。雪路问道:"是问贺羽翔的事吧?"

"草坡巷小镇的老人都知道我们心里想些什么。"

雪路笑着说:"问吧。"

"贺羽翔身上那么多恶习,你们还那么喜欢他,还老是说他身上的优点。要知道,他过去身上的优点,现在都放弃了,他变成了一个讨厌的坏孩子了。他抽烟,骂人,一点正事都不做。他就是一个坏孩子。"陆强强在说自己知道的贺羽翔时,好像跟雪路眼中的贺羽翔不是同一个人。

雪路听陆强强气愤地讲贺羽翔时,他一直低头安静地听着。等到陆强强说完了,雪路才抬起满是白发的头,看着陆强强说:"陆强强啊,他过去的理想太多了,他累了,他厌倦了,所以他迷路了。在他来我们病院之前,他已经变得很糟了。让他的爸爸和妈妈受不了的是,一让贺羽翔弹钢琴,他就摔钢琴盖,然后把黑白色的琴键拆下来,当成儿童积木,搭一座小房子,指着房子对他的爸爸和妈妈说:'这是我建的监狱,我想把爸爸和妈妈关进去,在我长大之前,我不想让你们出来!'他的爸爸妈妈让他画画,他就把水彩涂到墙上,大叫着说,房子里太闷了,他想从房间的阳台上跳下去……他真的把那么多的理想都丢了,找不到了。现在,我们正在帮助他找到一个理想,你也要帮助他,好吗?"

陆强强点点头,觉得这件事很重要,做起来不是那么容易。但是,陆强强想帮助雪路他们一起做这件难做的事。在草坡巷小镇的这段时光,陆强强觉得小镇上的人,都在做帮助别人的事。

大约是第三天的下午,草坡巷小镇传出了一个消息,清扫垃圾的草坡老人静静地躺在小推车边上离开了这个世界。他的车里几乎没有垃圾,只有十几根烟头。

镇上所有的人都去看草坡老人最后一眼。贺羽翔也去了，当他的目光停留在草坡使用的小推车上时，他就显得不安起来。陆强强问他怎么了，贺羽翔不说。最后，贺羽翔忍不住了，在装垃圾的小推车上的木篓子里，捏起一个烟头，看了看，抓在手里。

陆强强又问他："你怎么了？"

贺羽翔低着头说："垃圾篓里，都是我抽的烟头。"

"你怎么知道都是你抽的烟头？"

"草坡巷镇上，从不卖烟的。我是从家里带来的烟。"

陆强强看了一眼垃圾篓，回头对贺羽翔说："草坡巷小镇，只有你一个人扔垃圾。"

"我知道了，你别再说了。"贺羽翔跺了一下脚，恳请陆强强不要再讲下去。

……

在草坡巷小镇上的人送草坡老人上路的当天晚上，小镇上的人搞了一个欢乐的晚会，点了篝火。他们说，这么亮的夜晚，这么多人唱出悦耳动人的歌声，草坡老人一定会看清去另一个世界的路，他在路上不会伤心，会哼着小曲快乐地离开。女医生春树用一种深情悠长的声音送草坡，她的声音刚落下，女医生灯彩的声音又响起，接下来是女医生绿满的歌声，此起彼伏，不绝于耳。

贺羽翔在这个特殊的晚上，一直沉默着，变得很安静。他对看护自己的雪路说了一句话："草坡走了，全镇上的人都来送他，我没想到……"

汉满大厨师独自一人，像是在自言自语："草坡是高高兴兴地走了。草坡是高高兴兴地走了。"

大约是两天之后，陆强强早上跑步时看见了贺羽翔。贺羽翔正推着草坡使用的小推车往前走。陆强强跟贺羽翔打了一个招呼："你早！"

贺羽翔回答道："你早。"

陆强强飞奔到住处，找到雪路，问他："贺羽翔推着草坡的小车，当了清洁志愿者，算是找到理想了吗？"

雪路望着陆强强："你说呢？"

"算是理想吗？可是，贺羽翔的父母让他学的是滑冰，画画，弹钢琴啊？"陆强强疑惑地说。

雪路说："谁也没让他做这件事，是他自己想去做的。"

两个月之后，陆强强和豆芽女都要离开草坡巷小镇病院了。

豆芽女跟陆强强说："谢谢你。"

陆强强说了相同的话："谢谢你。"

贺羽翔也可以离开草坡巷小镇病院，但他还想在这里待上一段时间。他推着草坡留下的小车跟豆芽女和陆强强告别。

木桥、雪路、汉满和那些有着许多美丽名字的人把豆芽女和陆强强送到小镇边的草坡上，不断地跟豆芽女和陆强强说："我们也谢谢你们。"

有一件事要补充，那就是那些为草坡巷小镇和病院服务的老人都曾有过一个伤心不幸的童年。他们都在努力跟这些受伤的孩子共度一段幸福时光，于是，就有了一个我们刚刚知道的关于草坡巷小镇病院的传说。

甘北朝北走

甘北的嗓子很难听，说话时还不明显，但他只要一张嘴唱歌，就会把别人的注意力硬拽过来。有人会找到甘北，问他："你是在唱歌，还是吼叫？"

在音乐满大街随风乱飘的岁月里，甘北心里不服。那天是周末，他爸爸跟同事有个吃饭唱卡拉OK的活动，他就跟爸爸去了。在爸爸的同事中，有从歌舞团转行的人，唱得跟电视上的明星们不分高下。人家还没把麦克风拿到手里，甘北先下手为强，先吼了一段。大人们忍气吞声地听他叫完，就把甘北手里的麦克风强行夺走了。甘北的爸爸盯住儿子，只要儿子朝麦克风跟前移动，就先把儿子的手摁住。爸爸就是不让甘北再碰到麦克风。甘北的爸爸领着儿子回家的路上，好半天不说话，快到家了，才对儿子说："你唱歌也太难听了。"甘北还是不服："有多难听？"

甘北爸爸用两只手掐住自己的脖子，学着甘北的声音叫了几声之后说道："比这还难听呢！"

从那以后，甘北没在爸爸和妈妈面前唱过歌，更别说在学校当着同学的面唱了，他连哼支曲子的信心都丢掉了。但是，甘北的爸爸不管是高兴还是忧愁，也不管是在卫生间还是在厨房，只会用唱歌来表达心情。那样子像是给儿子甘北脸色看。这个时候，甘北就用两只眼睛瞪着爸爸。

甘北从小学一毕业，一头撞进假期，就觉得生活不对头了。中学在他的想象中是什么？应该是一座比小学更大的游乐场才对。甘北就是这样认为的，他坚信像他一样的男生们都是这样憧憬中学生活的。如果中学是一座监狱，谁会掏瘪了钱包钻进去呢？

甘北是以全班排名第二的成绩进入中学的，爸爸却叹息："你终于上了一所好中学。"

爸爸和妈妈答应甘北，考进好中学，就彻底放假半个月。甘北记得当时自己还兴奋地重复了一句："彻底？"爸爸说："彻底，完全彻底。"结果，甘北跟爸爸和妈妈签订的口头协议，却被爸爸和妈妈先行取消了。彻底放假的日子缩短到一个星期，然后，对彻底放假的"彻底"二字又做了补充说明——甘北除了在这一个星期里支配自己的时间外，还要抽出一两个小时看看书，读读英文。甘北反感了："你们说的可是彻底放假。"爸爸明知理亏，却很会狡辩："我没有让你非得读书，你可以在阳台上晒太阳时，身边放着一两本平常爱看的书啊？"

甘北毫不留情地把爸爸赠给他的这份暧昧礼物还给爸爸了："对不起，一看见书，我就想吐。"

放假的第三天，甘北给女生小鱼打了一个电话，约她逛音像市场。甘北为什么单单约女生小鱼出门玩，没有太明确的理由。甘北只是觉得想跟小鱼在一起。甘北还有一个潜意识，跟小鱼交往，小鱼完全可以当他的快乐导游。小鱼知道很多信息，就像大海中成百上千的鱼种一样多的信息。小鱼不仅知道最流行的亚洲歌手，还知道这些歌手鲜为人知的血型和家庭背景。最让甘北佩服的是，小鱼知道某位歌手的嗓子原来是多么多么的嘹亮和平庸，因为嗓子里长了小肉瘤，被切除后，竟意外获得了现在人听人爱的流行沙哑嗓。甘北当时很吃惊："人为什么喜欢沙哑嗓?"小鱼的回答很内行:"因为沙哑嗓听上去真实,让人感觉离得很近。"

小鱼在电话中说,在松雷商场门口见。甘北打完电话,就把电话号码簿扔在了自己的写字桌上了。甘北一出门赴约,家里的妈妈就把甘北的号码簿抓到手里翻看,甘北的爸爸站在她的身后也抻着脖子看。他们没看出什么,上面也没有秘密。只有三个电话号码,一个是小学班主任的家中电话,一个是爸爸的手机号码,剩下的就是小鱼的电话号码了。在甘北上小学时,这个电话号码簿就是三个号码,爸爸还奇怪,怎么就这三个号码啊?甘北的朋友也太少了,一个孩子没朋友还行?当时,爸爸觉得甘北太内向,他为儿子的电话号码簿上只有三个电话号码而惋惜。可现在,甘北的爸爸和妈妈却有了一个很怪很吝啬的念头,他们觉得儿子上中学以后,三个电话号码有些多了。当然了,小学班主任的电话号码应该保留,人应该记住小学老师,并心存感激地抽出一点时间去回忆她。爸爸的电话号码在儿子的号码簿上,享有永远的居住权。只有这个叫小鱼的女生的电话号码让他们觉得不舒服。在他们的心里,男生和女生的接触在小学和在中学是完全不一样的。完全不一样。

甘北坐上去松雷的汽车时,他的爸爸和妈妈正站在他的屋子里紧张地对视,那眼神里的恐惧像是恐怖分子在门外用手指头优雅地摁响了门铃一样。

甘北和小鱼在光碟市场转了一个小时,挑选了两张音乐碟,当然是小鱼让甘北买的。从光碟市场一出来,两个人就去大街上买了两个热狗,一人一个,是甘北请客。甘北觉得小鱼能够应邀前来,完全是为了他。吃完了热狗,两个人非常满足地告别了。小鱼乘坐的公共汽车先来,她挤了上去,还回头跟甘北说:"你把嘴巴擦一下,下巴上还沾着热狗屑。"

甘北伸了几下舌头,没够到小鱼说的热狗屑,就用手在下巴上摸了一下,果然有,他拿在手上看了一下,没犹豫,放进嘴巴里吃了。在汽车里的小鱼看见了这一幕,从敞开的车窗里对甘北喊道:"你手里的光碟里就有一首歌,叫《热狗钻进我的胃里》。给我打电话!"

看见小鱼的车走了,甘北摸着自己的胃部,觉得有一条可爱的狗在那里醒过来了,它伸出柔嫩的舌尖,舔舐着他心里最温暖的部位。甘北在心里庆幸,小鱼的考试成绩也不错，跟他升入了同一所中学。

载着小鱼的汽车走远了，甘北还站在站台上想一个很浪漫的事情：如果跟小鱼分在一个班里，就好了。这就是甘北上中学后的第一个美丽愿望。

那些日子，甘北的生活还算平静。闲下来时，他给小鱼打一个电话，告诉她听了光碟中的那一首歌，心里动了动。小鱼就在电话的另一头大喊大叫起来："什么？你听了那首歌，心里才动了动？你的心是鞋跟长的？这么麻木不仁？告诉你吧，我听了这首歌，哭得都吃不下饭。听一回哭一回，弄得我现在都不敢听这首歌了！你才在心里动了动，我以为你是个很有艺术气质的人呢，真让我失望！不过，还好，你的心还没死，毕竟还动了动，还有救！"

小鱼在电话里的这一通话，把甘北的脸说得变了好几次颜色。先是发白，变到了惨白，听到最后没有一棍子打死的话，甘北的脸就有了起死回生的血色。等他放下电话，坐在那里，盯住电话好半天之后，他的脸才算恢复到正常。这件事过去几个小时了，甘北觉得心里很舒服，让女生小鱼教训得很心甘情愿。

到了半夜，甘北家客厅里的电话突然间响了，像是报警，甘北的爸爸和妈妈光着脚去客厅接那个要人命的电话。是甘北爸爸先抓住电话机的，一听，是找儿子甘北的。

是女生小鱼。

甘北爸爸的脸就像参加追悼会一样，不让甘北接电话，而是用手捂着话筒，拉长了脸对甘北妈妈说："是女生找咱儿子的电话。一个女生。就是那个叫小鱼的。在半夜给他打电话，让不让儿子接？这还没上中学呢，就在夜里跟女生没完没了的。"

这时候，甘北已经悄悄站在了自己的屋门口，揉着眼睛说："是我的电话？"

爸爸问道："你跟……同学约好了半夜打电话？"甘北说："我觉得是小鱼的电话，她肯定有事找我。"爸爸把电话递给儿子时，还问道："什么事不能白天说？非得像拉警报一样在半夜里通话？"甘北说："我猜是音乐上的事。"妈妈也问："音乐？音乐怎么啦？谈什么音乐？"爸爸还扔过来一句："你能跟音乐有什么关系？"甘北已经跟小鱼说话了，他不再去理睬爸爸和妈妈。甘北在听小鱼说话时，就看着眼前的地，爸爸和妈妈的四只脚丫子在地上不安地动来动去，像是要吃要喝的饥饿动物，赖在他面前不肯离去。在电话里，女生小鱼又给甘北推荐了另一首歌，说是听了这首歌，能培养甘北敏锐的音乐感受力。小鱼告诉甘北，她为了能让甘北获得跟她一样的感动，她晚饭都没吃好，到了现在，都半夜了，才想起这首歌来。小鱼提醒他，听这首歌时，声音一定要放得小一些，就像从自来水龙头里放水一样，不要哗一下子放出来，要让它变成细流，线一样的细，滑到耳朵里，经过几个大弯和几处小弯，滴到心里。

那时候，小鱼在半夜里的电话，就像她自己叙述的那样，话音就是水，通过无数道弯曲途径，滴入甘北的耳朵里。

小鱼在电话里问："你听懂了吗？以后万一在音乐上有了些修养，可别忘了你的音乐启蒙老师啊！"

甘北一句话都不说，只是眯缝着眼睛聆听着，感受着从夜空中飘然而至的散发着灵性的话语水滴。

甘北放下电话，睁开眼睛，看见面前的地上还有四只光脚丫子。不过，四只脚丫子已经恼羞成怒了。

"女生在跟你说什么?"爸爸问他。

甘北说:"音乐课。"

妈妈不理解他的话:"什么音乐课?"

甘北说:"小鱼在给我上音乐课。"他一边说,一边朝自己屋里走,快要关门时,他又回头补充一句,"音乐欣赏课。"说完,门关上了。

甘北的爸爸坐在客厅里的沙发上,两只脚丫子开始相互打架。甘北妈妈说:"回屋睡觉吧,坐在这里干什么?"甘北爸爸说:"我还能睡得着觉吗?儿子都遇到这种事了,我还能睡着,那我就跟猪是亲戚了。"甘北妈妈一听,也不睡了,陪着他坐在沙发上。在深夜的客厅里,半明半暗的壁灯下,甘北的爸爸和妈妈,加上两对光脚丫子,就像是四个人在为甘北和那个叫小鱼的女孩子开会。一个紧张的会,迫在眉睫的会。

这时,甘北正躺在床上,细心捕捉着水滴音乐。当音乐的尾音被海绵一样的夜吸尽了,消失了,只留下一个想象的东西时,它幻化成一滴泪落在甘北的眼角上。

等到天亮时,甘北起床去卫生间,看见爸爸和妈妈坐在沙发上很委屈地睡着。他在他们面前站了一会儿,看着爸爸和妈妈的睡相。妈妈醒来时，见甘北弯着腰瞪着他们，就失声尖叫起来："你在干什么？"甘北反问道："我还想问你们呢，有床不去睡，在沙发上挤着干什么？"

甘北吃完早餐，看了看钟，七点半，想给小鱼打电话，谈昨晚听了她推荐的那首歌之后所受的震动，但觉得时间太早，怕影响小鱼的睡眠。小鱼曾经跟他说过，放假最大的幸福就是可以天天睡懒觉，甘北不能把小鱼的幸福赶跑。他不停地看墙上的钟。甘北的举动让爸爸和妈妈感到触目惊心，因为甘北的举动已经在爸爸和妈妈的预料之中了。

甘北在七点五十分的时候，拨了小鱼家的电话号码。但是，没接通。甘北放了电话，觉得自己应该在七点钟就把电话打过去。

甘北就坐在电话跟前焦躁地等着。

甘北的妈妈代表爸爸问甘北："你的电话很重要吗？"

甘北没看妈妈，只是点头，并把脸转向墙上的石英钟。他小声嘀咕道："谁在给小鱼家打电话吗？"

他又拨了小鱼家的电话号码，还是打不通。爸爸站在他身后问道:"还是给女生小鱼打电话?"

甘北说:"音乐上的事。"

爸爸说:"昨天不是跟小鱼出去玩过了吗?"

甘北的脸还是朝着墙壁上的石英钟:"昨天跟小鱼在一起,今天就不能打电话了?"

爸爸没说出话来,转身进自己屋了。客厅里,甘北不停地拨小鱼家的电话号码,就是打不通。到了九点钟,小鱼家的电话还是打不通,甘北就急了:"她家的电话没放好吧?怎么打不进去?"

妈妈的表情平静如水:"打不进去就别打了,有这时间可以干点别的事,干什么非要打这个电话?"

甘北从妈妈的表情里看出了问题。他把电话机抱起来,发现电话线已经从上面掉下来了。

"谁把电话线拔了?"甘北问。

妈妈装作无辜的样子:"是它自己……掉了吧?"

爸爸的屋门虚掩着,甘北可以看见爸爸就站在门后,就是不走出来。

甘北把电话线接上。但是,他不想给小鱼打这个关于音乐的电话了。爸爸和妈妈的可疑举动,让甘北大大地受到了伤害。甘北回到自己屋里，一边听音乐，一边大吼大叫。

爸爸站在甘北的门外，也不进门，也不说话，站了好一会儿才离开。甘北觉得爸爸和妈妈完全是做贼心虚，他心里更加有气。他拼足了气吼叫完七八首歌，直到把自己的嗓子唱倒了，唱哑了，唱得发不出声音为止。

甘北的爸爸和妈妈背后说，儿子用唱歌来报复人这一招太厉害了。

上中学报到那一天，甘北心情很不错。因为他知道自己跟小鱼分到了一个班。小鱼知道这个消息时，在乱哄哄的人群里，看着甘北做了一个手势：她的右手放在胸口处，很谨慎地竖起自己细细的拇指。

甘北也回敬了同一个动作。他和小鱼共同庆贺分到一个班里的喜悦。

事情没这么简单。当三天后正式开学时，甘北被一个陌生男老师叫到了另一个班里。原来那个班的班主任是个女老师。在中学长达三年的时间里，不能和小鱼同班，他想都不敢想。

甘北问男老师："我已经分到三班了，为什么又换到了六班？"

男老师心里装着开学后的很多事，对甘北提出的问题懒得回答："你去问校长吧。"

甘北没有去问校长，他先跑到三班的教室门口，想问问小鱼。小鱼坐在桌前，看见甘北，知道他要问什么，冲着甘北轻轻摇着头。那意思是告诉甘北，她也不知道，这一切都让人不能理解。

伤心的甘北回到家，问爸爸和妈妈："是你们找到校长，把我从三班换到了六班？"

爸爸说："你别瞎猜了。把你从三班换到了六班，对你是有好处的。"

甘北说："我是中学生了，我有自己的思想。你们以后背着我做事，要做得高明点，手法别那么拙劣，像是弱智干的事一样。"

爸爸虎起脸来："怎么这么跟大人说话？"

一个星期之后，甘北用零钱买回一把吉他，在自己屋里弹，在阳台上弹，也在卫生间里弹。

甘北在卫生间里弹吉他时，爸爸就站在门外说："你如果把弹琴的时间用在读英语上，你会成什么样？"

甘北听见爸爸隔着一道门教训自己，也不回答，只把琴弹得像暴躁的公牛。妈妈就劝甘北的爸爸："你没听见儿子已经生气啦？"

那天晚上，甘北爸爸对甘北妈妈说："甘北好像好几天不跟我们说话了？"妈妈说："真的过分了。"

爸爸问："你指什么过分了？儿子，还是什么？"妈妈说："我们都过分了。"爸爸说："我一点都没觉得我们有什么过分的。"

甘北是在期中考试之前离家出走的，他没拿一分钱，只带走了那把吉他。谁也不知道甘北去了哪里。

在甘北的爸爸和妈妈找儿子快找疯了的第十天，小鱼给甘北的家里打来一个电话，告诉他们，甘北给小鱼寄来一封信，看邮票上的黑色邮戳，像是去西部了。从邮戳的地址判断，那是一个在地图上还无法标出的小地方。很有可能，甘北是有意这样做的，让所有人不知道他身在何处。甘北的爸爸像抓住救命稻草一样："甘北信里说了什么？"

小鱼说："甘北只是说，他加入了一支流浪乐队，他们四处漂泊，根本没有固定的住所。"

甘北妈妈在一旁听了,哭得不会说话了:"他才是一个中学生……他晚上住哪儿啊?他吃什么啊?他身上哪里有一分钱啊?他为什么要去要饭啊?"

甘北爸爸说:"我跟单位请假,我一定把甘北找回来。"

甘北妈妈说:"我也去找儿子。"

甘北爸爸说:"你不能去,得在家守着。万一儿子回来了,你好告诉我啊!"

甘北爸爸去西部找了半个月,连一点甘北的影子都没找到。等他沮丧地回家时,一开门,甘北妈妈用手捂住了鼻子。甘北爸爸十几天不洗澡,浑身上下臭气熏天。甘北妈妈让他把身上的衣服在门外脱干净,别把臭味带进屋子。

甘北爸爸发火了:"我儿子都丢了,还在乎什么臭味?有人能找到我儿子,把全市的垃圾堆到我的饭桌上我都心甘情愿!"

半年过去了,小鱼没再收到甘北的一丁点信息。

到了年底,就要过年时,大街上的商店里到处放着一首歌曲,声音听上去很能抓住人心。男歌手的嗓子一般,还有些沙哑,但是,歌词和旋律让人怦然心动。

小鱼就呆呆地站在街上,浑身落了一层厚厚的雪。当她把这首歌听完后,她飞快地跑进音像店,很容易就找到了那歌带。她一看那首歌曲的名字,眼泪就下来了。

那首歌曲名字叫《甘北朝北走》。

小鱼买了两盒歌带,自己留一盒,剩下那盒送给甘北的爸爸和妈妈。

在甘北家里,小鱼和甘北的爸爸妈妈坐在客厅里,颤抖着听完甘北的歌。甘北的爸爸红着眼圈说:"我第一次知道儿子的声音这么好听……"

极地故事

先说说大人的事

我说的极地,是许多人都去过的和听说过的地方,那里有北极光。在每年六月二十三日这天,北极光会出现。我要说出一个许多人不想承认的事实:多少年里,人们在每一年的这一天,看不见北极光。尽管许多文章里描述过北极光的神奇景色,但那只是道听途说。这不是说,没有北极光。有,那是某人在某一天夜里看见了它。因为这神奇的一夜,某个人的父亲,爷爷,爷爷的父亲,爷爷的父亲的爷爷就在那儿打鱼、种地,江边和山坡上埋着他家族世代的人。所以,神灵允许这些付出代价的人,看一眼美妙的让人终生不忘的极光。

我说的就是那几天发生的事。没有六月二十三日,便没有了下面的故事。这些事奇怪又不奇怪。

去看北极光，必须先到漠河县。漠河在地图的最北边。几年前的一场大火，把这个县城从地球上抹掉了。但一年后漠河人又使漠河活过来了。

我们就是在六月二十三日这一天，赶到漠河县的。我们是艺术家采访团，有记者、作家、诗人。目的明确，看北极光。我们在北陲宾馆吃了饭，就赶到黑龙江江边，在那里等待极光的出现。临江，有个叫北极的地方，三四十户人家。在这个特殊的日子，每一家都大敞门户，笑迎四方来客。不过，一个人收费九十元。过去，只给房东家的孩子买件三五元的背心就可以了。这是另一篇小说里该讲的话题。

夜里十一点，天空还是银白色的。这是极昼现象。江边人山人海，竟有三四万人。因为村长要接待数不清的团体，所以，我们这个团受到不冷不热的接待。村长这一天成了著名人物。他要在这一天拣最重要的酒席喝上那么小小的一杯酒，然后抽身出来，赶赴另一桌宴席。他要在酒席上说出重复了不知多少遍的官场客套话，最终，他免不了要喝多，话也就说不完整了。好在一年里只有这一日，他是做好了豁出去的准备的。

我们被安排在一户人家里吃饭。一见那家油腻的地面,还有屋中央由方桌和圆桌勉强拼成的大饭桌,我们心里就全明白了,这是村长临时应急安排的。

村长以水代酒,说了几句醉话,然后告辞了。村长说,副省长来了,他要去见一下。

听那口气,他是总统。

我们吃的是少见的鱼宴,但心里不愉快。这些人都是被宠坏了的。作家、诗人、记者,听听,多动人的头衔,怎么见个村长这么难?

我的嗓子里有根鱼刺卡在那里,不愿下去,又不肯出来。我屏住气,用手指头狠命一抠,差点把黑龙江的鱼吐出来,但它还卡在那里不动。

我们团里有位著名的散文作家叶冠群,他可受不了冷遇:"怎么,村长再不来看看我们了?"

有人说:"村长太忙。"

叶冠群的喉咙里奇怪地响了一声。我在一旁看出那是他不满意了。他可是一位著名老作家,走到哪里,哪里的领导和崇拜者就把他团团围住。他常常惋惜地说:"我要不是61岁,而是16岁该多妙。"

村长最终也未出现。最令所有人沮丧的是北极光没有出现。

我们缩在江边待了一个漫长的白夜。叶冠群拍了一下我的肩说:"要论骗人,谁也骗不过大自然。"

我说:"谁告诉咱们每年都有北极光了?"叶冠群早被北极光迷人的图画所蛊惑,他的一篇散文《我看见了北极光》早已构思好了。他善于用美好的颜色去美化过去和涂抹明天。

在回漠河的路上,疲惫和失望令大家在车上昏昏欲睡。我嗓子里的鱼刺出现,扎了我一下。叶冠群问我:"你也准备写北极光吗?"我不知道为什么胡诌了一句:"题目也想好了,叫《极光又没有出现》。"

叶冠群突然说:"国家应该成立一个北极光研究所,这个机构能够准确报出北极光出现的日子,不要让那么多人千里迢迢赶到这里,白白辛苦一趟。"

我没回答,我觉得他这番话像是一个孩子说的。

回到漠河北陲宾馆,洗了澡,吃了饭,又睡了一觉,大家聚在叶冠群房间里商量该怎么办。有人说回省城,有人说白跑一趟,无获而归,心理不平衡。叶冠群说:

"去鄂温克族的村子吧，那是狩猎民族，有特色，能写东西的。"

我说："你的散文名字肯定想好了，叫《鄂温克的雄鹰》吧？"

有人笑了："叶作家的文章哪里会用这么陈旧的名字。"

叶冠群在垂头翻地图，用指头寻找鄂温克的所在地。他突然抬头问我："你怎么知道了我的散文名字？它是叫《鄂温克的雄鹰》。"

"哄"的一声，大家都乐了。

我的嗓子又疼了。

县政府好不容易为我们安排了一辆面包车。因路途不近，又带了些香肠、面包，然后我们奔鄂温克族的村子去了。

捎纸条的少年

我们在颠簸的车上吃了面包和香肠之后，已是下午一点钟了。年轻的司机从后视镜里看见我们焦躁的表情后说："森林里的路弯多，不好走，你们别急，我尽量开快些。"

面包车是突然刹住的。车正在下坡路段，速度很快。我们在车里像一截香肠前仰后合，被挤压得浑身疼。

司机回头说："对不起。"

叶冠群半开玩笑地说："我应该立即买人身保险。"司机听出了叶冠群话中带刺，再次表示对不起。原来，车前站着一个十四五岁的少年，四方形的脸，眼细小，肤色黑，朝我们扬起两只手。

司机用埋怨的口气说："你突然扑到车上，想死吗？"少年说："我在这里等了一天多了，只有你们这一辆车开过来。"

司机的火终于着了："就我们这一辆车开过来，你也不能突然拦车。我刹车都来不及。车如果翻了，你赔得起？这一车人是谁知道吗？是咱省的艺术家。他们是写书的、办报纸的……"

那少年耷拉下眼皮，表情卑恭到极点："我……没想到会有危……险。我刚才躺在路边的草里睡着了。听见汽车声，我赶紧爬起来，冲到路上去拦你们的车，不然，你们的车就开过去了。一天才……碰到你们这一辆车……"

叶冠群说:"司机同志,问他干什么,我们快赶路吧!"司机转头问那少年:"要搭车吗?"

少年答:"不,我托你们给我们鄂温克村子捎张纸条。"

"拿来吧。"

那少年对我说:"借你笔和纸用一下。"我拿纸和笔递给少年时,叶冠群摇下车窗说:"天不早了。"

少年蹲在地上,以膝当桌,边写边说:"纸条是给我奶奶的,我让她把我的熊皮大衣捎回来,现在晚上很冷。这是北极光出现的地方,一年四季没几天热乎的。交给我奶奶纸条后,你们回来路过这里,可以把皮大衣捎过来。我不能离开狩猎点。"

司机问:"就你一个人?"

"原来两个人,那个人十天前回村去了。"

司机说:"你如果喂了熊,或让狼饱餐一顿,都没人知道。"

叶冠群又说了一句:"你应该买人身保险。"

少年说:"我习惯了。我昨天梦见在熊肚子里。我饿了，咬熊的肠子，味道很不好，难闻。我想，我不能死，有东西吃就能爬出熊肚子。醒来一看，我滚到板铺下面了，熊皮褥子蒙住了我的脸，喘不过气来。"

司机骂："跟你一起看狩猎点的人怎么能扔下你一个十四五岁的孩子在这儿？！"

少年说："那是我哥哥，他在村里有个对象，他在狩猎点上待久了，怕对象被别人抢跑了。"

司机伸出手撸了一把少年的头："还挺仗义。"

少年说："我哥比我还仗义！他几年前给我做火药枪，走火了，把他自己的耳朵震聋了，现在也听不清别人谈话。但野兽叫，他能知道是什么动物。"

叶冠群突然来了兴趣，打开车门跳下去："下车下车，去狩猎点看看，体验生活嘛！"

大家都说："时间来不及了。"一车人都坐着未动。

叶冠群说："你们不去，我可去了。"

司机说："时间是不够了。"

叶冠群面子上有点挨不过去，让了一步："那我就看一眼吧。"

大家耐心地在车上等着。

少年很兴奋地拽着叶冠群跳过路边的水沟。司机说："小子，这位是著名作家！"

少年说："能给我一本您写的书吗？"

叶冠群摇头："没带没带。"

我知道，叶冠群出门总是带上自己的书的，见到重要的人物，他总要签上名赠送给人家。当然，鄂温克一个普通少年是没必要送书的。

我们在车上看见少年领着叶冠群爬上搭在三棵柞树间的狩猎瞭望塔。叶冠群向四处指指点点，一只手背在身后。

有人说："叶作家又在指点江山了。"一会儿，少年陪叶冠群回到车上。叶冠群意外地说："把纸条给我，我给你捎到村上。"少年把纸条递给叶冠群，并用我们从没见过的朝圣般的目光久久盯着作家叶冠群。在车开动时，叶冠群朝路上的少年招招手。那少年把手在空中挥了半天不肯放下来。叶冠群哼了一曲苏联歌曲《红莓花儿开》，没尽兴，又唱了一遍，才罢休。

我朝叶冠群伸过头去，见他手里多了一件稀罕物儿，是桦树皮和兽皮做成的古怪东西。我伸手去摸，被叶冠群用胳膊隔开:"别动,这东西少见,那孩子不舍得给呢。这是护身符,也是神像,挂在树上的,也可挂在身上。"

"神……像?"

"神像。"

我嗓子里的鱼刺又扎了我一下。

旺老太太和叫狗的男孩

下午三点钟,我们赶到了属于鄂温克族的村子。我们奇怪地发现,他们住在木头和泥坯的房子里,村子背后赫然立着一排空荡荡的新砖房。原来,民政部门为他们盖了新房,但他们住不惯。他们不喜欢白墙,他们睡觉要闻着兽皮和松木的味道才能沉入梦乡,他们感到砖房不如泥坯和木头盖成的房子温暖。

我们面包车的引擎声还没消失,村头已聚集了一些人。我们发现,那些人里大多是老妇和孩子。一问,才知道男人都分散到各个狩猎点干活儿去了。

叶冠群伸了一下腰,大声说:"我们在村里随便走走,另外,再找个喝茶的地方。"

说话间,从一块石头上站起一个老太太,背很驼,手拄一根棍子，不说话，用棍子朝一间黑乎乎的房子一指，然后径自朝前走了。孩子们叫她旺老太太。我们没动，不太懂得旺老太太的意思。一个十三四岁的男孩子，长得细高，很有些力气，也灵活，有两个孩子拽他腰间一条很软的兽皮腰带，他只一甩腰，就把两个孩子摔倒了。他腰带上还有黑毛没剃净，使他的样子显得有些原始。有人喊他狗。狗对我们说："去旺老太太家喝茶吧。"

我们一听，跟着驼背拄棍的妇人去了。旺老太太在门口站住，笑着时，松弛的眼皮把浑浊的眼睛淹没了。我努力寻找她口中的牙齿，说实话，我只看见一颗牙。

她为我们烧了茶，还未端上来，膻味就充满了屋子。奶茶，它的味和屋内的膻腥味很谐调，我记忆中只在生肉店里闻到过这种气味。大碗奶茶端上来时，我喝了一口，就放下了。门外站着十几个孩子，有一个最小的女孩，才两三岁，两只手死死抓着姐姐的衣服，姐姐上哪儿她就跟到哪儿，像是影子。我们发现那姐姐长得出奇的漂亮。有人说，像明星。我说，像，特像林青霞。有人说像巩俐。叶冠群说，像胡慧中吗？然后大家都说像。叶冠群说，天资好，可惜了。大家又附和，这女孩子可惜了。

叫狗的男孩子跟我们说话时,带着官腔:"怎么不喝?这是我们这儿最好的羊奶茶了。"听说是羊奶冲成的茶,叶冠群嗓子里又发出一声古怪的声音。他皱着眉走到狗的面前问:"这里有商店吗?"

狗说:"有,鼻涕家开食杂店,专卖吃的。"说着,又命令一个红鼻头的男孩,"鼻涕,领这人去你家买东西。"

"红鼻头"脖子上挂一把生锈的大钥匙,用袖子擦一下鼻子,喊:"走啊。"我和叶冠群便跟着"红鼻头"去他家买东西。"红鼻头"开了大门,身子从柜台底下钻进去,问:"吃啥?"叶冠群用眼扫了几圈货架,说:"苹果罐头。"叶冠群要买一瓶罐头解渴。"红鼻头"就捧了苹果罐头出来。"多少钱?""一元。""这么便宜?""用车拉来时就便宜。"

叶冠群一看罐头上的生产日期,是两年前的。他放下了。他再用眼去扫那要倒的货架,没发现有适合他入口的东西:"算了。"

"红鼻头"问:"怎么不要了?"

叶冠群说:"过期了。"

"过期了?""红鼻头"不解。

我说："酸了，坏了，不能吃了。"

"红鼻头"用一把菜刀撬开罐头盖，一口气喝了一半水："你尝，甜的。"

叶冠群挥挥手，懒得回答，走出门去。"红鼻头"不罢休，追到门口，喊："能吃！"叶冠群说："能吃你就吃。""红鼻头"不含糊，坐在门槛上，脖子一扬一扬，把苹果罐头吃光了。

司机很累，躺在车里打盹儿。那个被我们称为电影演员胡慧中的女孩子走近面包车，敲敲车门，叫醒了司机，说："我用一只松鼠换你的镜子。"

司机笑笑："我没镜子换给你。"

"胡慧中"指指车上的反光镜："它照人很清楚。"

司机说："去吧，别胡闹。"

"胡慧中"说："我的松鼠养了一年了，能听懂人的话。"

司机躺下身子："别胡闹，去吧去吧。"

"胡慧中"一步步退着离开了，那表情很伤心，大概她的心已经开始号啕大哭了。这时候，狗出现了，他正无聊地用脚踹汽车的轮子，踹完了，就转了过来，走近"胡慧中"问:"你怎么啦?"

"胡慧中""哇"的一声哭出来了。

狗拉着她走到稍远一点的地方,歪着脖子问她话。我看见"胡慧中"朝车指了指。狗站直了身子,目光就显露出冷来。狗迅速朝一座草房奔去。

我预感到要发生什么事情,又觉得不会发生什么大事,就站在那里没动,观察狗的动静。

眨眼工夫,狗冲出屋子,手里拎着一杆猎枪。距我们十步开外,也就是离面包车十步远,他就端平了枪:"都闪开!"

这一喊,孩子们一哄而散。我们几个大人呆呆立在车的旁边。

狗的枪管直直对准了汽车上的反光镜。司机爬起来,一看阵势脸就难看了:"把枪放下。"

叶冠群愣了一下,便卧倒在地,四肢齐动,朝汽车底下爬去。

我摊开双手,用最轻的声音说:"狗,把枪放下。"对妻子,我都没用这么温柔的口吻说过话。

狗斜了我一眼:"别叫我狗,狗不是你们叫的。"

我说:"你会伤了人!"

狗说:"你们先伤人!"

我朝他走过去。狗喊:"你别动!"

我无能为力了。这时候,叶冠群在汽车底下喊我的名字:"把他手里的枪打落……"

狗把枪管朝着天空,"砰"一声,我耳朵好半天听不清声音,人都傻了。

我们谁也说服不了狗。我真想告诉狗,我们可以把反光镜给那个漂亮的鄂温克女孩子,只要他把枪放下。

正僵持着,我看见旺老太太端着一碗奶茶走近狗,一挥手,把一碗奶茶泼在狗的脸上,又一棍子敲下去,猎枪从狗的手上掉在地上。

狗疼得蹲在地上哎呀呀直喊。

旺老太太对我们说:"去喝茶吧。"大家恢复了常态,很听话地跟着旺老太太走。旺老太太回头对狗说:"快把枪捡起来,挂到墙上去。"

狗听话地捡起了枪,他还伸出舌头,舔了舔嘴四周的残奶茶,歪着脸子跟在我们身后,也去喝奶茶了。

有了这小插曲,我们对旺老太太肃然起敬。为了表示谢意，我们都喝光了一碗羊奶茶。旺老太太对狗说："去给客人添茶。"狗歪着脖子，心里不痛快，但还是拿壶为我们斟了茶，然后站在门口，把我们逐个瞪了一遍。

我们都笑了，狗不笑，执拗地转头看天。

叶冠群说："我们还是去狩猎点参观一下吧，看看鄂温克的大男人们在干什么。"

旺老太太说："狩猎点很远啊！"

狗白了旺老太太一眼："要是近，啥也打不到，只能打门口的下蛋鸡。"

旺老太太骂："你别汪汪叫。"

叶冠群说："狩猎点肯定在树林的隐蔽处，谁能给我们带带路？"

旺老太太抬头看狗。狗不理会我们，故意的。旺老太太说："我带你们去。"我说："您老给我们画张线路图就行。"狗插言："画了你们也看不懂。"司机说："开车去，回来时送你们到家门口。"一听说可以乘车去，狗和几个孩子也吵吵着要去。面包车里挤满了人。车的每一次颠簸，孩子们就大呼小叫一通。车在狭窄的林间泥路上左拐右弯，终于来到了一个很隐蔽的狩猎点。

猎人们很平淡地跟我们打了简单的招呼，就又忙碌起来。他们正把一只近一吨重的黑熊从陷阱里吊出来。

我们是真正的局外人。我们中有人给熊和鄂温克猎人照相。密林中的潮湿味道，柔情蜜意的夕阳光线，隐藏在繁茂枝叶中的狩猎瞭望塔，挣扎着的黑熊，操刀忙碌着的人们，给了我们热烈而新鲜的印象。

叶冠群要求跟鄂温克村的头人合张影。一个猎人告诉他："我们的头人受伤了，让熊撞了一下。为了把这只熊引到陷阱，他一天一夜没合眼，现在躺在草棚里面睡觉呢。"

叶冠群有点不愉快地说："我请求同你们的头人照一张相。"

我在一旁半开玩笑地说："回去以后把照片刊在杂志封面上，并注明：我国著名作家叶冠群同鄂温克族人民生活在一起。"

那个猎人认真了，忙跑进草棚叫醒头人。头人睡眼惺忪地走出草棚，肩膀斜着，大概那里受了伤。叶冠群笑眯眯走过去，搂着头人的肩，然后照了相。头人一句话未说，照完相，扭头钻进草棚，还未走到兽褥子跟前，就一头栽倒，呼呼睡过去了。

旺老太太说："天要黑了。"

在返回的路上

七点多钟，森林把阳光的余晖收尽了，面包车里很黑，无人说话。两束车灯投在路上，摇摆不定。车好像在巨兽的齿边行走，不小心就会惊醒它。

在一个岔路口，司机把车停下了。

狗在车上问："干什么停下？朝右走，我们村在右边。"

司机说："我们回漠河的路在左边，如果送人们回村，我们再折回来，恐怕天亮才能到漠河。"

狗一下子火了："不讲信用。"他可能在暗中蹦了起来，头一下撞在车篷顶上，"嘭"的一声，很响。

司机说："狗，你别火。"然后又问我们，"你们说怎么走？"

我们没说话，很犹豫，其实等着叶冠群表个态。这个团，名义上是采访团，实质上是旅游团。叶冠群年龄大，资历深，知名度高，自然有了决定权。

叶冠群说:"送他们回村再折回来,是远了些。"

司机一听,对一帮孩子说:"你们下车吧。"

车上的狗和伙伴们全乱了。

我们都觉得是自己失信了,就听任孩子们吵闹。旺老太太突然用棍子敲了敲门:"门怎么开?"司机把车门打开,旺老太太拄着棍子一步步朝前走了。狗在车里喊:"别走,让他们送,是他们不讲信用。"旺老太太头也不回,为看清路,背更深地弯下去,像背着一座山在走。

狗呼一声跳下车,孩子们也都无奈地下了车。我看见狗弯腰在地上抓什么,可能是找石头。但除了草,他什么也没找到。

旺老太太在前面喊:"狗,你要惹祸,收拾了你。"

狗骂起来。

我说:"送他们吧。"

司机说:"旺老太太不会再坐车了,你还没看出来?"

大家哑口无言。

司机为弥补过失,把车灯打亮,照在旺老太太和孩子们归去的路上。

我觉得那灯光苍白而虚伪。

车里很静,森林更静。突然,在孩子们快要消失的路上传来一阵歌声,是鄂温克的孩子们在唱歌。我们都能分辨出狗的嗓音,尖锐、粗犷。那歌没有旋律,但句句烙人。他们是为了在夜晚的森林中壮胆吗?也许是在诅咒黑夜。

叶冠群无力地说:"走吧。"

不知为什么,走了好远,孩子们的声音还能从漆黑的森林里传过来。

大家昏昏欲睡。大概又行驶了两个多钟头,车灯照亮了路上的一个人影。

我们都看清那是让捎纸条的少年。

车门开时,那少年急切地把头伸进来,寻找叶冠群。

"纸条交给我奶奶了吗?"

"我奶奶天天守着村里的孩子,哪里也不去。"

"他们都叫我奶奶旺老太太,谁都知道她!"

"……"

"怎么啦?"

我们和亲爱的读者都知道,叶冠群把这件事忘得干干净净。

叶冠群含混不清地说："你看，对不起，忙得竟然一点时间都……怎么搞的……"

少年嘴里"噢"了一声，把头缩回去了，呆呆地立在公路上。我们的车有些像逃跑一样离开了那少年。

这个漫长的夜晚，失望的少年还是孤独的一个。我们答应给他希望，又把他的希望扔给森林了。

大约是凌晨三点钟，我们的车在剧烈的抖动之后，歪在沟里了。

我们从车窗一个个爬了出去。这是惩罚吗？

我们下车，跪在地上推车。叶冠群站在路上指挥我们推车。

大家不约而同地说："您也下来推车吧。"

我嗓子里的鱼刺又扎了我一下，这一下，眼泪疼出来了。

把面包车推上公路以后，我想起一件必须马上办的事。我找叶冠群，要了那个少年用桦树皮和兽皮做成的神像，把它挂在树上。这回，我说："走吧。"

叶冠群和大家都盯着我。

我说:"还给他们。"

简短的结局

结束了这次旅行之后,我去了医院,要求医生把我嗓子里的鱼刺赶快拔出来。医生忙活了一个钟头说:"根本没有鱼刺,那是你的幻觉。"走出医院,疼痛果然消失了,但有时还会疼一下。我想,这跟极地之行有关,但跟迷信无丝毫关系。

[全书完]

图书在版编目（CIP）数据

马晨和爸爸妈妈都做过疯狂的事 / 常新港著． -- 济南：山东文艺出版社，2021.6
ISBN 978-7-5329-6273-0

Ⅰ．①马… Ⅱ．①常… Ⅲ．①短篇小说－小说集－中国－当代 Ⅳ．① I247.7

中国版本图书馆CIP数据核字（2021）第 033486 号

马晨和爸爸妈妈都做过疯狂的事
MACHEN HE BABAMAMA DOU ZUOGUO FENGKUANG DE SHI
常新港 著

责任编辑　王春晓

主管单位　山东出版传媒股份有限公司
出版发行　山东文艺出版社
社　　址　山东省济南市英雄山路 189 号
邮　　编　250002
网　　址　www.sdwypress.com

读者服务　0531-82098776（总编室）
　　　　　　0531-82098775（市场营销部）
电子邮箱　sdwy@sdpress.com.cn

印　　刷	天津丰富彩艺印刷有限公司
开　　本	880mm×1230mm　1/32
印　　张	7.25
印　　数	1—7,000
字　　数	128 千字
版　　次	2021 年 6 月第 1 版
印　　次	2021 年 6 月第 1 次印刷
书　　号	ISBN 978-7-5329-6273-0
定　　价	35.00 元

版权专有。侵权必究。